让男孩更聪明的62个智慧故事

徐井才◎主编

新华出版社

图书在版编目（CIP）数据

让男孩更聪明的 62 个智慧故事/徐井才主编．
—北京：新华出版社，2013.1（2023.3重印）
ISBN 978－7－5166－0316－1－01
Ⅰ.①让… Ⅱ.徐… Ⅲ.①故事—作品集—世界
Ⅳ.①I14
中国版本图书馆 CIP 数据核字（2013）第 008615 号

让男孩更聪明的 62 个智慧故事

主　　编：徐井才

封面设计：睿莎浩影文化传媒　　　　责任编辑：江文军

出版发行：新华出版社
地　　址：北京石景山区京原路 8 号　　　邮　　编：100040
网　　址：http://www.xinhuapub.com
经　　销：新华书店
购书热线：010－63077122　　**中国新闻书店购书热线**：010－63072012

照　　排：北京东方视点数据技术有限公司
印　　刷：永清县晔盛亚胶印有限公司

成品尺寸：165mm×230mm
印　　张：12　　　　　　　　字　　数：160 千字
版　　次：2013 年 3 月第一版　　　印　　次：2023年3月第三次印刷
书　　号：ISBN 978－7－5166－0316－1－01
定　　价：36.00 元

第一章　机智应对，成功面对各种险境

第二章　勇于创新，打破思维枷锁

让男孩更聪明的 62个 智慧故事

目录

第五章 培养丰富想象力，畅游知识海洋

第六章 学会关注细节，凝聚点滴智慧

第七章 善于借助外力，获得成功之梯

第八章 学会规划，拥有高效的学习和生活

第九章 学会沟通，打造良好生活空间

第十章 培养聪明"财智"，从小做一个理财高手

第一章
机智应对，成功面对各种险境

以前的我

我独自在家中看电视。

这个人好像是电视上播报的通缉犯，天哪，我该怎么办……

有人敲门，我在门后吓得一直瑟瑟发抖。

现在的我

我把门锁好，赶快打电话报警。

警察叔叔及时赶到，坏人被抓了起来。

1

▶ 以前的我

我积极准备演讲稿。

演讲的时候忽然忘词，我低下头站在那里。

▶ 现在的我

我扬起头，按照自己的思路继续演讲。

我获得了演讲比赛的第一名。

以前的我

孩子们在一起玩儿，突然着火了。

大家都很害怕，四处乱跑。

现在的我

我用湿毛巾捂住嘴，然后拨打119。

火被扑灭了，小伙伴们都安然无恙。

以前的我

我坐公交车去公园玩儿。

真可恶，可是我好害怕啊，还是装作没看见吧。

我看见小偷正在偷一个姐姐的钱包。

现在的我

我大声地叫那位姐姐"表姐"，并让她到我身边来。

大姐姐知道了事情的经过，夸奖了我。

我的成长计划书

机智应对，成功面对各种险境

在生活中遇到困难时，我都不能机智地解决。比如：陌生人敲门时，我不知道该做什么；在演讲的时候因为紧张忘记了讲稿内容我就不知道该怎么收场；在车上遇到了小偷，我吓得不敢出声；同学们在一起玩儿引燃了周围的东西，我只会喊救命……现在想起这些事，我都有点儿难为情呢！我一定要变得勇敢机智，这样才会成为一个真正的小男子汉。

1. 我让爸爸妈妈经常出一些难题考我，一起讨论遇到这样的问题时该怎么办。

2. 我要经常进行模拟练习，以便应对突然发生的危险事件。

3. 我要每天读一篇故事，学习主人公如何机智地摆脱困境。

4. 我要善于观察，看小伙伴如何灵活机智地处理那些棘手的问题。

5. 遇到突发情况，我要沉着冷静，争取运用自己学过的知识解决问题。

华盛顿 抓小偷

美国的第一任总统华盛顿一直是美国人民的骄傲。他从小就天资过人，少年时在家乡做的一些事被人们广泛地传颂着。

有一次，华盛顿的邻居遭偷，损失了许多衣服和粮食。村长召集村民开会，大家你一言我一语，讨论了好久也想不出一个破案的办法来。华盛顿把村长拉到一旁悄悄说："从偷窃的东西和时间来看，小偷一定不出本村。"

村长说："你有什么办法破案吗？"

华盛顿说："有。您只要如此这般就行了。"

晚上，村长将村民们召集到麦场上，说是听华盛顿讲故事。那晚，月光皎洁，星星晶亮，华盛顿开讲道："黄蜂是上帝的特使，它有一双亮晶晶的大眼睛，能够辨别人间的真伪、善恶，乘着朦胧的月光飞向人间……"华盛顿忽然停了一下，猛然大声喊道："哎，小偷就是他，就是他！他偷了普斯特大叔的东西，黄蜂正在他帽子上转圈，要落下来了，落下来了！"人们一个个扭头互相观望着。那个做贼心虚的小偷不知是计，心急慌忙伸出手想把帽子上的黄蜂挥开……其实，哪有什么黄蜂？！华盛顿大喝一声："小偷就是他！"小偷想抵赖也抵赖不了，只得认罪。这件事一传十，十传百，很快使华盛顿成了当地的小名人。

不久，村里有一匹马给人偷走了。失主找来找去找不到，便来向华盛顿求助。华盛顿很热心，便同失主一起赶到集市上。果然，在牲口市场上失主很快认出了那匹白马。失主赶上前去抓住小偷的衣襟，抓住缰绳，去找警察评理。可是小偷嘴巴很硬，反而说失主是诬赖好人，讹诈白马，因为这牲畜自家已喂养多年了。

华盛顿突然用小手将马眼

捂住，向小偷问道："你说这马不是你偷的，是你自家的，那你说，马的哪只眼睛有毛病？"

小偷被问得愣住了，可他很快改变了窘态，回答道："左眼！"

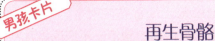

男孩卡片

再生骨骼

自从上世纪60年代开始，研究人员就已知道蛋白质能够生长形成失去和受损的骨骼组织，不幸的是，这项技术并不完美，时常生成错误类型的骨骼组织。2005年，加利福尼亚大学洛杉矶分校研究人员解决了这一问题。他们使用一种特殊设计的蛋白质激发一种叫做"UCB-1"的特殊类型细胞的生长。目前，这种蛋白质用于生长新的骨骼，能够融合和固定椎骨部分，减轻一些患者严重的背部疼痛。

华盛顿把手挪开一点儿，白马的左眼亮闪闪的，蛮好，一点儿毛病也没有。

小偷改口道："我记错了，是右眼！"

华盛顿将手全部挪开，白马的右眼也是亮闪闪的，一点儿毛病也没有。脸色灰白的小偷无话可说，警察把他打发到法庭上去了。

聪明的华盛顿运用自己的智慧帮助村民解决了多种问题，小朋友，你有过类似的经历吗？

成长课堂

在遇到一些靠观察不能解决的问题时，我们也要学会这样灵活地设置"圈套"，这样就给问题的解决提供了一个很好的条件，那些很容易就落入"圈套"的人肯定是说谎的人。

男子汉宣言

我也要像华盛顿那样运用巧妙设置问题的方式去解决问题！

郑板桥审石头

郑板桥曾当过潍县县令，当地的一群恶棍一心想把他赶跑，经常寻衅闹事。一天，郑板桥从外面坐轿回来，衙门前一帮不三不四的人乱吵乱嚷，朝着轿子拥了过来。这时有个卖粥的徐老汉正担粥经过，粥罐被他们一挤，碰到一块青石上，撞了个粉碎。恶棍们闹得更凶了。郑板桥落轿，只听那老汉说："我家有一个瞎眼婆娘和五个儿女，全靠我卖粥度日，今天不知哪个缺德的人挤了我一下，我的粥罐打破了，这样我们全家就得饿肚子啊！"

郑板桥看看徐老汉，觉得他实在可怜。他扫了众人一眼，刚要开口，一个腰腿滚圆的胖财主朝郑板桥作了一揖说："小人看得分明，这老汉的粥罐确是不知被哪个缺德的人挤撞破的。老爷身为父母官，实在该给百姓做主。"

郑板桥上下打量了他一眼，问道："既然你看得分明，是哪一个做的这缺德之事？但说无妨。"

胖财主故意拉着长腔，指着路旁那块石头，装模作样地说："告老爷知：不怨天，不怨地，作孽的是这块七角八棱的大——青——石！请老爷明断！"

胖财主话音一落，别人也七嘴八舌地附和上了。这时候，郑板桥已完全猜出了他们的用心，紧跟着想好了一条对策。他故意显得郑重其事地问道："这么说，这块石头是碰碎粥罐、惊扰县太爷我的罪魁祸首了？！""正是。""谁做证人？""小的们都亲眼所见。"

"那好，我今日就审这罪魁祸首。"郑板桥吩咐衙役，"给我将这块石头绑到堂上。"随后他又朝着众人说："既然是诸位亲眼所见，那就请到公堂作证吧！""小的们愿往。"

没多会儿，县太爷升堂了，郑板桥端坐在堂上，手指青石问道：

"好个可恶的石头，你为何无事寻事，将老汉的粥罐撞破？给我如实招来！来人！给我打它四十大板！"

衙役们遵命，吧嗒吧嗒，一五一十地打起来。两旁的豪门、财主、地痞、流氓们见了，挤眉弄眼，偷偷发笑。

郑板桥瞟了他们一眼，突然大声问道："你们是上堂当证人的，不好好儿听老爷审案，乱笑什么？"

堂下乱纷纷地答道："笑老爷执法如山，赏罚分明。可惜，这块哑巴石头，就是问上三年，怕也逼不出一句话来呀！"

"怎么，这石头是哑巴吗？""千真万确。""那么，它可会走动？""天生的死物，无嘴无腿。"

"住口！"郑板桥忽然把惊堂木一拍，兀地站起来，喝道，"它一不会说话，二不能走动，怎么能欺负这卖粥老汉，成了撞碎粥罐的罪魁祸首呢？这分明是你等存心不良，嫁祸于人，欺骗本官。欺官如同欺父母，我今日对你们决不轻饶。"随即命令左右，"这帮无赖罪该万死，一人赏四十大棍，赶出堂去！"

徐老汉感激万分，逢人就说："咱潍县来了青天大老爷啦！我亲眼见的，青天大老爷！"

打这以后，潍县的豪门、财主、地痞、流氓，再也不敢出坏主意算计郑板桥啦！

面对比自己强的势力，一味地硬碰硬不仅不能解决问题，反有可能使自己受到伤害。这时候，我们应该借助机智去解决问题。

男子汉宣言

当遇到强硬势力时，我要学会运用智慧摆脱困境！

解毒药吓出 窃贼

罗斯是一位非常出色的化学家，他前半生一直和实验室打交道，辛苦地做实验，研究出了不少化学产品。后来他成了世界闻名的大化学家，同时也成了百万富翁。有钱以后，他买回了好多幅精美绝伦的世界名画和一件件珍贵文物。他将这些价值昂贵的东西一一布置在宽敞的客厅里，供自己和客人欣赏品玩。

罗斯多了份生活乐趣，也因此结交了各行各业的朋友。世上没有不透风的墙，他的事情被一个嗅觉特别灵敏的小偷打听到了。这家伙想去偷几件文物或者名画卖掉，如果其中一件得手，那么自己这辈子便可因此享受不尽啦。

于是，小偷暗中策划，查看了地形，了解到了博士的行踪，他找准了一个时机。某日深夜，他悄悄摸到了罗斯家。环顾四周，发现室内无人，小偷的贼胆更大了，他摘下了一幅价值20多万美元的名画，又顺手抱起桌上的一件古色古香的文物，便欲溜出门去。

就在这时，桌上一瓶绿色的酒吸引了他，酒液清碧，还逸出阵阵扑鼻酒香，撩拨着他的胃壁，这小偷爱酒如命，不经思索，他马上拧开酒瓶盖，仰起脖子"咕嘟咕嘟"大口大口灌进喉咙，他还没喝够呢，忽然听见门外传来了脚步声，小偷马上放下酒瓶，夺路而逃。

文物失窃，罗斯非常伤心，那都是他心爱的宝贝啊。他将此事连夜报告给了当地的警长乔尼。

警长乔尼在屋里细细观察，没发现罪犯留下的任何指纹、脚印。"这罪犯，准戴了胶质手套、穿了特种鞋。"这时罗斯的仆人告诉

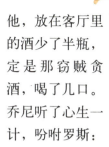

他，放在客厅里的酒少了半瓶，定是那窃贼贪酒，喝了几口。乔尼听了心生一计，吩咐罗斯：

"马上写一份声明，在当天的晚报上登出，那窃贼一定会寻上门来。"

便携式胰腺

美国青少年糖尿病研究基金主管亚伦·科瓦尔斯基称，人造胰腺有能力监控一个人的血糖和调控符合人体需要的胰岛素水平。这种便携式人造胰腺很可能将在未来几年内上市。他指出这种装置最初结合了两种现有技术——胰岛素泵和持续性葡萄糖监控器。

第二天，那窃贼真的来叩罗斯家的门了。罗斯打开了门，躲在屋内的警察马上冲出来，抓住了那窃贼。

原来，罗斯的登报声明内容是这样写的：

"我是化学家罗斯博士。那天我回家的时候，忽然发现家中桌子上绿色酒瓶里的液体被人喝了几口。我想告诉喝那液体的人：那不是酒，那是有毒液体，是用来做实验用的。谁喝了那酒，请赶快到我家服解药，否则两天内有生命危险。请读者诸君阅后，相互转告。万分感谢！"

成长课堂

有时候看起来非常困难的事情如果能够另辟蹊径，就能得到妥善解决，而且不费吹灰之力！这就是智慧带来的效果。

男子汉宣言

我也要将机智用到生活和学习中，用来更好地解决问题！

晏子智救马夫

春秋时期的齐王齐景公非常喜欢马，他经常尽一切努力，到处收集名马，这天，秦国的使者来访，并带来了一匹好马。齐景公一见，非常喜欢。这匹马通身雪白，出汗时的汗液却是红的，正是历史上传说的汗血宝马。齐景公非常高兴，重赏了秦使，又安排一个马夫专门喂养这匹马。

一天，马夫的父亲病故，他回家奔丧，由于走得匆忙，忘记了让别人喂养这匹宝马。等三天后马夫急忙赶回王宫时，这匹汗血宝马已饿得奄奄一息。马夫大惊，匆忙之中找出一些精米，去喂宝马，结果这匹汗血宝马在一顿狂吃之后，不幸撑破肚肠而亡。

马夫吓坏了，急忙向上报告。

这几天齐景公的心情正好，趁着心情较好，他准备去看一下自己心爱的汗血宝马。哪知他得到的却是汗血宝马已死的消息，于是大怒，命令将马夫关押起来，三天后葬马时肢解他祭马。

消息传出，众官员人心惶惶，想阻止，又不敢。于是纷纷来找相国晏婴，希望晏相国出面劝说一下齐王。

晏子将众人一一劝退，并说："大家还是忙大事去吧，不要为这点儿小事劳神。"百官不解其意，叹息而去。

第三天，齐王为汗血宝马举行了隆重的葬礼。五花大绑的马夫被带了上来。刽子手已准备完毕，只等齐王令下，就开始肢解马夫祭马。

这时，晏子不慌不忙地叫住了刽子手，"稍等一下再行刑不迟。"众人一惊，就连齐王也是一愣，不知这晏相国葫芦里卖的什么药。

晏子对齐景公说："肢解人应该有个程序，我向大王请教一下，古代贤王尧、舜肢解人的时候是从人身上哪个部位开始的？"

齐景公是何等人物，他立即警觉起来，马上意识到处死马夫这个决定，是自己一气之下的失误，急忙说："尧、舜都是贤王，怎么会肢解人呢？算了吧，免这个马夫死罪，将他判罪入狱。"

晏子说："大王，您看马夫这个样子，他还不知自己犯了什么罪，我来一一列举他的罪状，叫他知罪后再去入狱，这样好不好？"

于是，晏子对马夫说："你知不知道，你有三条罪状，君王让你养马，你却把马养死了，此罪之一，是不是？"

马夫早已吓得哆哆嗦嗦，点头称是。

"你养死的马，是君王最心爱的马，此罪之二。"晏子又接着说，"你让君王因为一匹马的缘故而治罪于人，老百姓听说后，一定会抱怨我们的君王残暴，各国诸侯会因为我们的君王重马轻人而轻视我们的国家。你看你，就因为养死了个马，弄得百姓抱怨，齐国的形象受损，此罪之三。这回你服不服罪？"

马夫愣愣地望着晏相国，不知如何回答。一旁的众官心里却在偷偷地笑。

此时，齐王沉不住气了，他叹息一声，"晏夫子啊，放了他吧，放了他吧，不要因为他而伤害我的仁德啊。"

于是，马夫被无罪释放。

成长课堂

把小事扩大，使问题的后果变得严重，让原本难解决的事情得以轻松化解。一个机智灵活的人在遇到棘手问题的时候所表现出来的从容不迫，让我们折服。我们在面对无理之人时可顺水推舟，让其自己认识到事情的可笑。

男子汉宣言

巧妙而灵活地解决问题是我追求的目标！

刘少奇巧用空棺

1941年盛夏，担任新四军政委的刘少奇带着通讯员外出开会。这时，日本鬼子派出的大批汉奸、特务发现了刘少奇的行踪，扬言一定要活捉刘少奇。为此，他们派了大量日伪军在长江登岸配合行动。

一天，刘少奇来到建阳县马庄。此时天色已晚，四周被风吹动的芦苇荡里，不时传出阵阵的沙沙声。怎么办？通讯员说："咱们到芦苇荡里隐蔽吧。"

刘少奇凝视着不远处的村子，说："不！我们应该相信这里的群众。"说完，他们来到村口一家敲门。开门的是位中年汉子，他仔细审视着来人。当他的视线落到刘少奇身上时，忽然兴奋而又惊喜地低声说道："你不是胡服(刘少奇的化名)胡政委吗？"刘少奇一怔，忙上前端详起来："你是马玉甫同志！"原来，刘少奇在盐城工作时，马玉甫去汇报过工作，是抗日民主政府的一位代表。

进屋后，刘少奇详细谈了目前的形势，并问他："这里是否安全？"

马玉甫摇了摇头，然后，把这里的情况告诉了刘少奇。

正说着，就听屋外传来杂乱的脚步声和一阵汪汪的狗叫声。

刘少奇问："老马，咱们要尽快想个办法把文件先隐藏起来，现在村里是否有空着的棺材？"马玉甫一时没弄明白。

刘少奇忙解释说："是这样！把文件装进棺材埋到地里，这样准叫敌人搜不到。"

马玉甫道："现成的棺材倒是有，只是你们怎么脱身？"

刘少奇说："顾不了这许多，先把文件藏好！"

突然，马玉甫眼睛一亮，说："不妨把空棺封好口，贴上灵柩纸，抬上船，咱们三个穿上孝衣，跟船到一个安全的地方去。怎么样？"

"好！来个空棺计。"刘少奇点点头表示同意。

马玉甫连夜组织群众，钉棺的钉棺，做孝衣的做孝衣，忙活了半夜。天蒙蒙亮时，有人报告说大批日伪军正往马庄奔来。

情况紧急，马玉甫遂指挥送葬的人一边"哭"，一边将棺材抬上了船。船

刚离岸，一队日伪军便追了过来，强行命令船靠岸检查。刘少奇对马玉甫说："告诉鬼子，去世的人得的是霍乱，会传染人的。"便带头装着呕吐起来。

马玉甫知道了刘少奇的用意，遂一边吐，一边上岸回话。当鬼子和汉奸听说是霍乱病人的棺材时，忙命令赶快开船。

就这样，刘少奇巧设"空棺计"，平安脱离了险境。

26日拂晓，敌人预定的"围歼"计划开始了。然而，愚蠢透顶的敌人扑了个空，我军主力早已远走高飞了。国民党反动派付出了惨重代价，在飞机大炮的掩护下，敌人只"抢"到了宣化店的一个空镇。

成长课堂

刘少奇同志机智的办法，确保了文件的安全。在我们的生活中，运用这样的机智也会给我们的学习、生活、工作带来意想不到的收获。

男子汉宣言

在生活和学习中遇到问题时，我要多想想有没有更机智巧妙的办法！

卓别林巧戏经理

第二次世界大战刚刚结束，美国就掀起了仇视进步的麦卡锡主义。著名电影艺术家卓别林因讥讽和反对麦卡锡主义而受到迫害。但卓别林为了正义并没有屈服，相反，他时刻都以巧妙而尖锐的方法与麦卡锡主义斗争。

有一次，卓别林应波士顿电影组织邀请，前去参加自己新拍电影的首映式，经安排下榻在当地最大的、最有声誉的旅馆——希尔顿旅店。但是，旅店经理却是一个死心塌地的麦卡锡主义者，当他知道卓别林是一个倾向于进步的人士后，就以最下等的服务刁难卓别林。卓别林知道情况后，毅然退掉希尔顿旅店的高级房间，并决定给这个顽固的麦卡锡主义者一个教训。

在首映式上，政府首脑、显官达贵济济一堂，大家被卓别林的高超演技折服，赞叹之余，人们鼓掌盛邀卓别林作一番精彩的演说。卓别林灵机一动，佯作不悦，拍着脑袋高声说道："诸位盛情，鄙人领了，只因昨夜没有睡好觉，头昏体乏、精神不振，恐怕会扫诸位的雅兴。"

大家相觑低语，场内骚动，有人问道："希尔顿旅店名闻遐迩，条件堪称一流，怎会睡不好觉？"卓别林说："是啊，外面都在说这家旅店如何如何好，可那都是以讹传讹，有背事实。住希尔顿旅店是件遭罪的事，房间又小又矮，连里边的老鼠都成了驼背，所以我转到了别的旅馆，影响了我的休息。"

第二天，当地各报纸纷纷报道了卓别林的这番讲话。希尔顿旅店的声誉大跌，许多人退掉了原订的房间，昔日门庭若市的希尔顿旅店一下子变得门前冷落

男孩卡片

仿生眼

当你失明时，你最大的希望就是看到基本的光线和事物外型之间的差异。"阿耳弋斯二代"视网膜修复技术和一种可视系统实现了仿生眼，可让失明患者重见光明。阿耳弋斯二代视网膜修复技术当前正在接受美国食品及药物管理局(FDA)的测试，可视系统是由美国哈佛大学研究员约翰·佩扎瑞斯博士研制的，它可以通过摄像仪记录基础的视觉信息，处理形成电子信号，通过无线发送至内置电极。阿耳弋斯二代将内置电极植入眼睛中，可以帮助那些损失视网膜功能的失明人群重新见到光明。

鞍马稀。旅店经理见此情景，气急败坏地找到卓别林，扬言要控告他诋毁旅店声誉。

卓别林早有准备，第二天又召开了一个记者招待会，声明说："各位女士、先生，我上次所说希尔顿旅店的房间不是又矮又小，那里的老鼠全部不是驼背！"

殊不知，卓别林的"更正"第二天见报后，给希尔顿旅店带来了更坏的境遇。不仅向希尔顿预订房间的人全退掉了原来订的房，就连许多已经居住在里面的人也住到了别的旅馆。结果，旅店经理引咎辞职了。

卓别林的一些朋友对此迷惑不解，都来向他请教。卓别林笑着说："更正又何妨，房间里的老鼠虽不是驼背，但老鼠还是有的。哎，天机不可泄露哇！"朋友们相视大笑。

 成长课堂

　　面对别人的刁难，卓别林运用自己的智慧巧妙地解决了难题，并予以反击。这是语言的力量，更是智慧的力量，也是我们应该学习并掌握的力量。

我要学会用智慧的力量维护自己的利益！

男子汉 训练营

读了这么精彩的故事，和故事中的主人公比起来，你觉得自己能成为一个机智灵活的小·男子汉吗？不妨来训练营锻炼一下自己吧！

12岁男孩自救逃脱绑匪魔爪

2006年3月31日晚上，12岁的小玮到关帝庙旁边看戏。当戏已经接近尾声时，一个30多岁的陌生男子突然出现在他面前，说要带他去附近砍甘蔗。小玮动了心，于是同意跟那名男子走。走到半路，小玮感觉不对劲，便想掉头回家。这时歹徒凶相毕露，迅速从怀里掏出一把水果刀架在小玮的脖子上，并威胁他不许声张。随后他把小玮押到一座废弃的工厂里，并用牛仔裤撕成的布条将小玮的手脚捆绑起来，威胁小玮说出了父亲的姓名和手机号码。

之后歹徒又用牛仔布条对小玮再次捆绑一遍，并拿出几张塑料纸往小玮嘴里塞，还在小玮嘴上封了一块风湿膏，最后他用一件衣服包住小玮的头，一把将他抓起丢进一个干水槽里，便扬长而去。

在这种情况下，你知道小玮是如何脱离困境的吗？

 答案在184页

《一元钱打造一条街》答案：

他用5毛钱买了1支儿童彩笔，5毛钱买了4张"红塔山"的包装盒。在火车站的出口，他举起一块牌子，上书"出租接站牌(1元)"几个字。5个月后，"接站牌"由4张包装盒发展为40个用锰钢做成的可调式"迎宾牌"，火车站附近有了他的一间房子。之后他用1万元购买了3万只花盆。第二年春天，他的栽着草莓的花盆也进了城。不到半个月，他将1万元变成了30万元。1995年，深圳海关拍卖一批无主货物，有1万只全是左脚的耐克皮鞋，他作为唯一的竞标人，他以极低的拍卖价买下了这些鞋。1996年，在蛇口海关已存放了一年的无主货物——1万只全是右脚上的耐克鞋急着处理，他得知消息，以残次旧货的价格把它们拉出了海关。这次无关税贸易，使他成为商业奇才上了香港《商业周刊》的封面。现在他作为欧美13家服饰公司的亚洲总代理，正在力主把深圳的一条街变成步行街。

第二章
勇于创新，打破思维枷锁

◀ **以前的我**

老师讲课时说过这道题有两种解法。

这道数学题真有两种解法吗？找到一种就可以了。

我只用了一种方法解题。

◀ **现在的我**

我想啊想啊，终于找到了第二种解题方法。

全班只有我一个人想到了，我真是太高兴了。

以前的我

茶几上的花瓶被猫咪弄掉摔碎了。

花瓶坏了就扔掉吧，怎么可能补好？

我扔掉了坏的花瓶。

现在的我

我用学来的小妙招补好了家里的花瓶。

看着茶几上的花瓶，我开心地笑了。

以前的我

我们全家人准备出去旅游。

家里的花儿怎样才能不干死？

外出回家，我发现花儿枯死了。

现在的我

我想到用水瓶挂在高处用棉线往下输送水分。

家里的花儿开得更加鲜艳了。

◀ 以前的我

学校组织创新发明比赛。

同学踊跃参加创新发明比赛，我却无动于衷。

◀ 现在的我

我和小伙伴们积极地参加创新发明比赛。

我们一起制作的小发明得到了大家的好评。

我的成长计划书

勇于创新，打破思维枷锁

很多时候我都没有创新的意识，我觉得任何东西像原来那样就很好，没有什么地方需要创新。但是今天我知道了，在学习和生活中，创新处处可见，物物可用，比如：矿泉水瓶可以做塑料清洁球，纸巾筒可以用来做收纳盒，很多东西都可以二次利用呢，主要是要有创新的意识和想法。勇于创新，这样才能成为一个真正优秀的小男子汉！

1. 遇到难题的时候我要多从几个方面去考虑问题，肯定有更好的方法。

2. 每周我要看一本关于创新思维的书籍，做好读书笔记。

3. 我要锁定电视上每周的"生活小窍门"，向电视上的做法学习。

4. 我要把我家里的废旧物品进行改造和二次利用。

5. 我要积极参与学校的创造小发明评选活动。

游乐场里的 理发师

世界上几乎所有的孩子都怕进理发店。因为理发师身穿白大褂，其模样与医生差不多。孩子们生病时吃过医生的"苦头"，所以对"白大褂"有条件反射式的恐惧心理，况且理发师舞刀弄剪，比医生手中的针筒还要吓人。再说理发时坐在那里，手脚不得活动，脑袋听任摆布，多么的不自由。更要命的是，在洗头时，烫得难以忍受的热水，一股劲地往头上泻，眼睛、鼻子和嘴巴都得紧紧闭上，稍不注意，洗发水就会毫不留情地乘虚而入，那个滋味可不怎么好受。所以孩子理发时，往往要怕得冒出一身汗，家长也急出一身汗，理发师则累出一身汗。这虽属生活小事，却也很烦人。

然而，孩子们都喜欢进游乐场。在那里，狗熊会骑车，猴子会打球，鸟儿会唱歌，鱼儿会跳舞，人却扮成了各种动物嬉闹玩耍。所以孩子乐得笑哈哈，家长也笑哈哈，表演者也笑哈哈。

美国麻省巴威市的一家理发店的店主洛克，巧妙地将游乐场的趣味引进了理发店。他把自己装扮成各种人物、动物来吸引孩子们理发。洛克的化装还随着时间的变化而变化。在感恩节，他扮作大火鸡；在情人节，他扮成爱神；在复活节，他则扮成兔子；在圣诞节，他又是圣诞老人，变化多端……他的形象层出不穷。

洛克扮演各种人物时，他手中的剪刀就变成了这些人物的道具，他的理发动作，也成了节目的内容，孩子在观看表演的过程中，不知不觉地理好了发。以至有些孩子，没等头发长长，就催着父母领他们到洛克的理发店去理发。

由此，洛克的生意兴隆，不仅吸引了众多的孩子，不少成年人也慕名来店里理发。顾客越来越多，使洛克感到人满为患了。

有一天，他的理发店尚未开门，门外已候了一大群人。大家都想看看今天洛克又有什么新的花样。

当店门打开之后，人群涌进了他那不大的店堂，但不见洛克其人。大家正纳闷儿时，忽然从里间出来一只"乌龟"，大家一眼就能看出是洛克扮的。只听他瓮声瓮气地说道："我实在太忙了，没办法，只好在乌龟壳里藏起来！"

他的话引起了满堂喝彩声。人们并不以他"藏"在乌龟壳里而放过他，争先恐后地要他理发。当然，洛克也并非真的要回绝顾客，而是施用了一种新的招徕顾客的手段，使人们感到新鲜、奇特，果然达到了预期的效果。

成长课堂

具有创新精神的洛克把自己装扮成各种人物、动物来吸引孩子们理发，不仅吸引了众多的孩子，不少成年人也慕名来店里理发。正是这样的创新让他的理发店人满为患。其实生活中有很多地方都可以这样创新，那些奇特的产品能带给我们很多启发。

男子汉宣言

创新到处都在！我要学习和体会这种创新的精神！

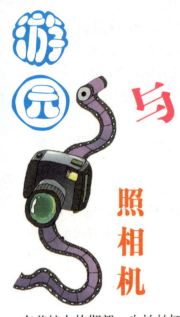

游园 与 照相机

一个假日，美国的镜片制造商兰德好不容易从繁忙的事务中摆脱出来，陪着心爱的女儿去公园游玩。兰德为了满足女儿的要求，频频揿动照相机的键钮。把美好的画面拍摄下来。很快就将一个胶卷用完了，他把胶卷从相机里取了出来。

"快，爸爸，让我看看拍得怎么样？"小姑娘天真地嚷着。

"傻孩子，胶卷是不能看的。那样就会曝光作废的。"兰德听到孩子不合理的要求，笑着解释道。

"那要什么时候才能看到呢？"

"至少要几个小时。"

"不嘛，我们马上要回家了，如果拍得不好，再也无法重拍了！"小姑娘显然对这次照相有着较大的期望，生怕拍坏了，以后没有重拍的机会。

兰德安慰女儿说："万一拍坏了，下星期我再陪你玩儿，可以再拍的。"

"你总是那么忙，下星期谁知道你有没有时间再陪我来玩儿哩！不能快点儿让我看到照片吗？"

"那是没有办法的事，拍好的胶卷要冲洗，要印制，需要两次操作才能看到照片。"兰德继续解释道。

小姑娘固执地说："什么两次三次，难道就不能一次就把照片印出来吗，那该有多好啊！"

"一次成像！"兰德听了女儿的话，脑子里立即闪过这个念头，这真是个符合人们意愿的好主意。

原来，兰德搞了多年镜片

智能膝盖

你可能会认为膝盖并不是需要进行弥补修复的身体组件，更不具有"思维"。但是美国麻省理工学院人工智能研究员休·赫尔和阿瑞·韦肯菲尔德研制的仿生膝盖却具备"自己的思想"。早期电子膝盖系统通常由技术人员编程完成相应的活动，这种被称为RHEO的仿生膝盖通过学习使用者的行走方式，并依据传感器描述行走的地形，能够自我进行真实、适应人体的运动。该系统可以使装配仿生腿的人行走更容易，不会产生疲乏不堪的感觉。

生产，对研制和经营照相器材也很有兴趣。不过当时在美国市场上，柯达公司的产品处于垄断地位，别的公司无法跟它竞争，兰德也无法涉足这个行业。女儿的话给了他很大的启示。他想，如能研制出"一步成像"的照相机，将会给顾客带来很大的方便，同时也能填补照相机生产的一项空白。他不想全面超过柯达公司，但在某一个方面超过它还是有可能的，这样就能打破柯达公司的一统天下，从它的手中夺取一部分市场。

目标一经确定，他就组织人员精心钻研，终于制造出了"拍立得"照相机及有关材料。这种照相机在拍摄后的60秒内就能看到照片，所以又称"60秒钟相机"。推上市场后，吸引了众多的顾客来购买，虽然后来柯达公司也研制成功了"一步成像"的照相机，但那时候，兰德经营的普拉公司已牢牢地站稳了脚跟，在短短的4年时间里销售额增长了40多倍。

成长课堂

如果我们也能做这样一个有心人，我们肯定也能有很多创新的点子。想到就去做和只是想想而已，这是两种不同的人生态度。

男子汉宣言

当创新的灵感出现的时候，我要牢牢抓住它！

热豌豆 和 冰激凌

有一年冬天，大雪纷飞时，美国冰类食品的销售商看好了这个机会购进了大量的冰类产品，虽然量大但是销售情况非常好，销量飞速上升。发财心切的冰商们高兴得心花怒放：这是天赐良机啊！可是好景不长，众多的销售商一哄而上，大量的冰棒、冰激凌源源不断生产出来涌向了市场，结果不出半个月，导致市场饱和，供过于求。

冰商们后悔莫及，出现了资金周转失灵的状况，面对这种情况，他们束手无策，都一下子傻了眼。

其中有一个冰商最心急。他的货堆积得最多，种类也最多。再这样在家里坐等，无异于束手待毙，坐吃山空，公司迟早会给拖垮的，应该快出去主动想法子将囤积之货脱手，以解燃眉之急。

寒冷刺骨的风雪扑面而来，他仍频频外出寻找能够解决危机的办法，但是他每次出门都更加失落和难过。这一段时间，天气变得越来越冷了，暖和的饭菜吃着都不暖和，谁还来问津冰类食品呢？

有一天，他正在街上走着，突然，一阵"哗啦哗啦"的声音传入他的耳中。他抬头一看，是一张马戏团的海报给风吹得瑟瑟抖动，声音正是这里发出的。

"哎，有了！"他突然灵机一动，眼前一亮，火速赶到那马戏团演出地点。

走进马戏团老板的办公室，他眉飞色舞地边打手势边说："先生，请允许我为远道而来的你们做点儿好事。每次演出之前，在剧场入口处，请让我的公司赠给每一位前来观看马戏的观众每人一份可口的炒热豌豆，可以吗？"马戏团老板大喜过望，如此为自己的马戏锦上添花之举，况且又不需要自己掏腰包为这么多的观众埋单，何乐不为呢？马戏团老板非常爽快地答应了他的请求。

到了马戏开演的时间，观众们纷纷进场了，他们边看马戏边津津有味地吃着香喷喷的炒热的豌豆，真是非常愉快。但是，等到演出休息时，观众们都感觉到口中干燥得难受，如果能有冷饮吃那该多么好呀。正当他们发愁的时候，剧场入口处来了一大群卖冰棒、冰激凌的孩子，价格虽然比平时贵了好多，人们还是争相走出剧场购买。转眼间，一批冰类食品被抢购一空。连续五天，这个冰商的商品统统推销光了。

成长课堂

冰商聪明的举动，使得他的冰棒、冰激凌被抢购一空。我们从中可以学习冰商思考问题、解决问题的方法：当我们所处的情况不理想时，我们要依靠创新来突破。

男子汉宣言

我要运用创新的思维方式解决生活和学习中的问题！

比黄金更昂贵的 眼光

在奥斯维辛集中营，一个犹太人对自己的儿子说："我们的家没有了，所有的财产也没有了，现在我们唯一的财富就是智慧了，当别人都说1加1等于2的时候，你应该想到大于2。"

这对父子从集中营死里逃生，1946年，他们乘轮船到美国，在休斯敦做起了不太起眼的铜器生意。

有一天，父亲问儿子："现在一磅铜的价格是多少？"

儿子想都没想就回答说："35美分。"

父亲一听，勃然大怒："对，一磅铜35美分，这是每个德克萨斯州人都知道的价格，但作为犹太人的儿子，你应该回答3.5美元，不信，你把它铸成门把手去试试！"

20多年后，父亲去世了，儿子独自经营着铜器生意，他用收到的废铜做过铜鼓，瑞士钟表上的簧片，甚至做过奥运会的奖牌，最富传奇的一宗生意是他曾把0.5千克的铜卖到3500美元的天价。

1947年，美国政府决定向社会招标，来清理翻新自由女神像后所扔下的废料，但几个月过去了，没有一个人愿意理睬那堆垃圾似的废料。正远在法国旅行的这个犹太年青人听说后，立即赶往纽约。他匆匆看过自由女神像后堆积如山的废铜块、螺丝和木料便果断地在招标书上签了字。

对他的这一"傻瓜"壮举，纽约许多运输公司嘲笑不已，因为在纽约州，对垃圾的处理有很严厉的规定，稍有不慎，

就会被虎视眈眈的环保组织起诉，一旦惹上环保组织，那娄子就捅大了。

就在许多人幸灾乐祸地等待这个德克萨斯傻瓜落荒而逃的时候，他开始组织工人对废料进行仔细的分类。

他把那些废铜熔化掉，铸成微型自由女神像；把木头加工成微型自由女神像的精巧底座。废铅、废铝做成纽约广场的钥匙；最后，他甚至把从自由女神身上扫下的灰尘都包起来，出售给纽约的各个花店。不到3个月时间，经过他的手，这堆无人问津的垃圾废料奇迹般地变成了350万美元现金，每0.5千克铜的价格整整翻了一万倍。

这个让垃圾变成巨额财富，让纽约和全世界都惊讶不已的人，就是麦考尔公司的董事长卡尔·麦考尔。

"这个世界上没有什么垃圾，在我眼里，只有黄金！"他在接受记者采访时微笑而自信地说。

废铜是可以变成黄金的，只需要我们换一种思路和眼光。

要创新其实很简单，关键看我们是不是一个有心人！只要我们保有一颗热爱生活、热爱思考的心，就能有更多的创意火花出现。

我要多观察，多思考，做生活的有心人！

迪斯尼的小路

迪斯尼乐园的设计非常严格，包括其中的一些细微的路径也极为严谨精致。1971年，在伦敦国际园林建筑艺术研讨会上，迪斯尼乐园的路径设计获得了"世界最佳设计"称号。当时迪斯尼乐园的总设计师是格罗培斯。迪斯尼的路径设计获奖后，许多记者去采访这位大名鼎鼎的设计师，希望他公开自己的设计灵感与心得。格罗培斯说："其实那不是我的设计，而是游客的智慧。"接着，他公开了路径的修筑过程——当时美国迪斯尼乐园主体工程竣工后，格罗培斯却犯了愁，因为景点与景点之间的路径设计他已经修改了五六十遍，但没有一次让他满意。为此伤透了脑筋的他，暂时放下工作，前往法国度假，以理顺那混乱的思绪。

一天，在盛产葡萄的法国南部，他发现沿路有许多卖葡萄的农民，他们守着葡萄摊子，目光中充满了渴望，但很少有人光顾。当车子拐弯到山谷处的一个葡萄园门口时，买葡萄的人却络绎不绝。原来园主是个年迈的老妇，因为身体原因，她已经忍受不了长时间的守摊等待，她想出一个办法，只要往路边的箱子里投5个法郎，便可到园子里随便摘上一篮葡萄，这种任意采摘绝对自由的方法，吸引了许多过往的人，因此她的生意出奇的好，院子里的葡萄每年都很快卖完。瞬间建筑学家顿生灵感，马上通知乐园施工部：撒上草种，提前开放！

乐园很快就开放了，小草也长出了绿芽，在没有道路的景点与景点之间，游人踩下了一条条小路，黄色的小路点缀在绿草之间，纵横交错，优雅自然。第二年，格罗培斯按照这些踩出的痕迹，铺出了人行道。就是这些由游客们自

水动力闹钟

有了Bedol水动力闹钟，你便可以将它带到任何地方而不必担心那里是否有电源可供使用。让这款水动力闹钟走上工作岗位的方式非常简单，只需在床头上放上一杯水即可。据悉，这款环保型水动力闹钟是由Bedol公司研制的，无论是水还是柠檬汁都可作为它的动力之源。使用时，用户只需用水和柠檬汁将闹钟的容器注满即可，水和柠檬汁"双管齐下"能够让它更有效地工作。

己不知不觉中用脚步"设计"出来的路径，在后来世界各地的园林设计大师们眼中成了"幽雅自然、简捷便利、个性突出"的优秀设计，也理所当然被专家们评为"世界最佳设计"。无需设计、顺其自然的路径竟成了"最佳设计"。

是的，如果当初格罗培斯不是暂时放下原有的那些思路，而只是凭自己的想法进行设计，我们今天去迪斯尼的时候就要在那些中规中矩的道路上行走穿梭，那要减少多少游园的乐趣呀！人生的道路也是如此，有时候确实不知道应该走哪条路最便捷、最准确、最容易到达成功的彼岸，这时候你不妨学学格罗培斯，机智灵活地进行选择，也许就会找到最适合你的道路！当你面对一个新问题愁眉不展时，当你绞尽脑汁也想不出办法来的时候，请放松片刻，说不定智慧的火花便迸发出来了，请及时地抓住它吧，那时你会享受到成功的喜悦！

没想到吧，一条小路的设计也需要智慧呀，设计师根据游人的脚步设计路径，这是多么妙的想法呀。我们在学习中生活中也可以这样去思考问题，这就是"另辟蹊径"的智慧呀！

男子汉宣言

我要改变自己的思维方式，灵活机智地思考问题，处理问题！

无人涉足的地方

1899年爱因斯坦在瑞士苏黎世联邦工业大学就读时，他的导师是数学家明可夫斯基。由于爱因斯坦肯动脑、爱思考，深得明可夫斯基赏识。师徒二人经常在一起探讨科学、哲学和人生。有一次，爱因斯坦突发奇想，问明可夫斯基："一个人，比如我吧，究竟怎样才能在科学领域、在人生道路上，留下自己的闪光足迹、做出自己的杰出贡献呢？"

一向才思敏捷的明可夫斯基却被问住了，直到3天后，他才兴冲冲地找到爱因斯坦，非常兴奋地说："你那天提的问题，我终于有了答案！"

"什么答案？"爱因斯坦迫不及待地抱住老师的胳膊，"快告诉我呀！"

明可夫斯基手脚并用地比划了一阵，怎么也说不明白，于是，他拉起爱因斯坦就朝一处建筑工地走去，而且径直踏上了建筑工人刚刚抹平的水泥地面。在建筑工人们的呵斥声中，爱因斯坦被弄得一头雾水，非常不解地问明可夫斯基，"老师，您这不是领我误入歧途吗？"

"对、对，歧途！"明可夫斯基顾不得别人的指责，非常专注地说，"看到了吧？只有这样的'歧途'，才能留下足迹！"然后，他又解释说："只有新的领域、只有尚未凝固的地方，才能留下深深的脚印。那些凝固很久的老地面，那些被无数人、无数脚步涉足的地方，别想再踩出脚印来……"

听到这里，爱因斯坦沉思良久，非常感激地对明可夫斯基说："恩师，我明白您的意思了！"

从此，一种非常强烈的创新和开拓意识，开始主导着爱因斯坦的思维和行动。他曾经说过这样的话："我从来不记忆和思考词典、手册里的东西，我的脑袋只用来记忆和思考那些还没载入书本的东西。"

男孩卡片

水能电池

日本水能电池NoPoPo堪称一个绝好的创意，更是无污染供电的一大典范。任何液体都可充当它们的动力之源，甚至包括尿液在内。使用尿液听起来有些不可思议，但在遇到紧急情况并且无水可用的时候，尿液自然是一种非常有用的替代品。NoPoPo并不能永远保持"上岗"状态，其充电次数大约在3到5次左右。目前，消费者也只有在日本才能购买到这款水能电池。

于是，就在爱因斯坦走出校园，初涉世事的几年里，他作为伯尔尼专利局里默默无闻的小职员，利用业余时间进行科学研究，在物理学3个未知领域里，大胆而果断地挑战并突破了牛顿力学。在他刚刚26岁的时候，就提出并建立了狭义相对论，开创了物理学的新纪元，为人类做出了卓越的贡献，在科学史册上留下了闪光的足迹。

那段尚未凝固的水泥路面，启发了爱因斯坦的创新和探索精神。其实，在人类社会和现实生活的各个领域，都有各式各样的"尚未凝固的水泥路面"，等待着人们踩出新的脚印、踏上新的征程。

成长课堂

只有新的领域，才能留下深深的脚印。那些被无数人涉足的地方，是永远不会再踩出脚印来的。正是在这富含哲理的话语的启示下，爱因斯坦才会拥有那么多令人惊叹的发现和成就。而在我们的生活中，我们所缺乏的正是敢于走向新领域的勇气。

男子汉宣言

在生活中，我要多多尝试，勇敢地去尝试那些未知领域！

读了这么多精彩的故事，和故事中的主人公比起来，你觉得自己能成为一个拥有创新意识的小·男子汉吗？不妨来训练营锻炼一下自己吧！

一滴橡胶的故事

在苏格兰，经常一连数月阴雨连绵，不见天日。那里有许多规模很大的橡胶园，在橡胶园里刮胶只能在露天劳作，许多橡胶工人因为家境贫困，买不起雨伞，便只能冒雨赶路上下班。天长日久，许多人患上了各种各样的疾病。麦金托什是一位贫穷的橡胶工人，也因此得了严重的风湿病。这天，麦金托什穿着新外衣去工作，可一不小心，一大滴橡胶液溅到他的新外衣上了。麦金托什连忙用手指去抹沾在衣服上的橡胶，可橡胶是一种十分黏稠的液体，麦金托什几次揩抹，结果反而弄脏了一大片。下班路上，麦金托什没有雨伞，冒着大雨在路上奔跑，回到家里他发现衣服后背竟然没有湿……

小朋友，你能猜到后面发生了什么事情吗？

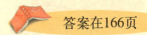

答案在166页

《换一种交流方式》答案：

威伯看着老太太说："我不是来这儿推销电器的，我只是想买一些鸡蛋。"她把门开大了一点儿，怀疑地瞧着。威伯说："我注意到你那些优良的多明尼克鸡，我想买一公斤鲜蛋。"门又打开了一点儿。"你怎么知道我的鸡是多明尼克种？"她问。"我自己也养鸡，"威伯回答，"但我从来没见过这么优良的多明尼克鸡。""因为我养的鸡下的是白蛋。当然，你自己下厨，知道做蛋糕的时候，白蛋是比不上棕蛋的。我太太以她的蛋糕而自豪。"到这时候，那位太太放心地走出来，温和多了。她邀请威伯参观她的鸡棚。没多久，她说她的一些邻居在鸡棚里安装了电器，据说效果极好。她征求威伯的意见，问他安装电器是否值得。两个星期之后，威伯把电器卖给了那个农家。

第三章
学会能言善辩，施展个人魅力

◀ **以前的我**

这个问题真难回答啊，我只能说不知道……

当晚会主持人问我问题时，我不知所措。

在大家的笑声中，我回到了自己的座位上。

◀ **现在的我**

我妙语连珠地回答主持人的提问。

我的回答博得了所有人的掌声。

◀ **以前的我**

老师让我参加故事大赛。

将故事背出来就可以了……

故事大赛上，我表情木然地讲故事。

◀ **现在的我**

我对着镜子练习自己的表情。

故事大赛

一等奖

我惟妙惟肖地讲了故事，得了一等奖。

以前的我

我长得有点儿胖，很在意别人对我的评论。

别笑我啊，我好伤心……

小伙伴嘲笑我胖，我该怎么办呢？

现在的我

我告诉小朋友，胖是因为我心胸宽广。

我和小伙伴一起跑步，锻炼身体。

以前的我

刚买回的玩具，竟然有质量问题。

明明可以退货的，可是该怎么说呢？

售货员拒绝退货，我只好无奈地离开。

现在的我

我准确地说明了要退货的原因，成功退货。

我拿着新的玩具，高高兴兴地回家了。

我的成长计划书

学会能言善辩，施展个人魅力

　　我很崇拜那些能言善辩的辩论选手，可是现在的我做得不好。很多时候我不知道应该如何正确、清晰地表达自己的看法，比如别人嘲笑我的时候、去商店退货的时候、不能巧妙回答问题的时候……这种情况真让人难堪。现在，我明白了准确表达的重要意义。我一定要变得能言善辩，这样才会成为一个真正优秀的小男子汉。

1. 我要多参加口才训练，积极参加班级组织的相关活动。

2. 家里来客人的时候，尤其是陌生的客人，我要试着多和他们说话。

3. 空闲时，我要多阅读一些演讲方面的故事，从中学习说话技巧。

4. 我每周都要看谈话类节目，学习他们的提问和回答技巧。

5. 我要积极参加学校组织的辩论比赛，锻炼自己的口才与反应能力。

里根总统的 幽默

在美国历届总统中，第40任总统里根被大家公认为是一位最幽默的总统。里根曾说："在生活中，幽默促使人体健康；在政治上，幽默有利于自己树立良好的形象。得分。"在踏入政坛前，里根也担任过运动广播员、救生员、报社专栏作家、电影演员、电视节目演员和励志讲师，并且是美国影视演员协会的领导人。他的演说风格高明而极具说服力，他被媒体誉为"伟大的沟通者"。

有一次，里根总统去日本访问，许多人对日美关系经常出现这样那样的摩擦颇为关注。里根笑着解释说："日美关系是友好的，经济上的一些问题是难免的。日美关系就像一个家庭，时而会发生夫妻吵架的事。"

里根去访问加拿大时，他的讲话不时被反美示威群众打断。里根身旁的加拿大总统特鲁多显得很不自在，里根却笑着对他说："这种事情在美国时常发生。我想这些人一定是特意从美国来到贵国的。他们使我有一种宾至如归的感觉。"特鲁多这才舒眉微笑起来。

1985年11月，苏美首脑在日内瓦会晤。在一次会谈前，戈尔巴乔夫开玩笑地对里根说："我昨天做了个梦，梦见你的总统府插着一面红旗，上面的图案是

锤子和镰刀。"里根回敬道："同阁下一样，昨天我也做了一个梦，梦见贵国的克里姆林宫飘扬着一面红旗，上面的图案是我都看不明白的方块字。"

一次，苏联曾暗指美国有意借口侵略黎巴嫩，这一下可惹恼了里根，在美国律师协会会议上，里根忍不住啐了苏联一口："那种话是用俄语说的吗？我看他的根子可是深深地扎在我们丰富的农业耕种传统中的。"（暗示此话臭不可闻）

在里根参加第二次总统竞选时，他与

沃尔特·蒙代尔展开竞选辩论时，老记者亨利·特里惠特冒失地指责里根说："总统先生，你已经是历史上最年老的总统了，你的一些助手说，在最近几次与蒙代尔的交锋中，大家看出你力不从心。我记得，肯尼迪总统在古巴导弹危机关头可以连续几天几夜不合眼，你难道没有怀疑自己的能力吗？"

里根幽默地笑道："我要让你知道，在这次竞选中，我不想把年龄问题作为争论点，我也不打算为了政治目的而去揭露对手的年幼无知。"里根的这句妙语，使他赢得了这次辩论。

风力汽车

英国动力工程师理查德·简金斯驾驶他的"绿鸟"风力车创造了新的纪录。在风速仅为每小时48.2公里的情况下，"绿鸟"风力车的速度竟然突破了每小时202.9公里，打破了此前由美国人鲍勃·舒马赫驾驶"铁鸭"号所创造的每小时187.8公里的风力车速度纪录。与传统的风帆汽车不同的是，"绿鸟"采用一种钢性翅膀，这种翅膀能够以与机翼同样的方式产生向上提升的动力。整辆风力车几乎全部采用碳复合材料，唯一的金属部件就是翅膀和车轮的轴承。

成长课堂

辩论中巧妙避开对方的锋芒转而谈其次甚至承认自己的弱点所在，有时候恰恰能反败为胜，能言善辩的里根总统就是运用这样的技巧赢得了这次辩论。

男子汉宣言

我也要学会这种退而求其次的技巧，反败为胜！

美妙的 香格里拉

故事发生在第二次世界大战期间。

1941年12月7日，日本帝国海军航空兵空袭了美国太平洋舰队的母港珍珠港。珍珠港事件使美国的民心士气跌到最低点。为了唤起民众的信心，美国总统罗斯福决定不惜一切代价空袭日本东京，以向美国民众表明，珍珠港遭袭绝不是美国的末日，美军有战胜日军的能力！

1942年4月2日，"大黄蜂"号航空母舰载着16架经过改装的B—25型轰炸机驶离旧金山，在重巡洋舰"文森斯"号等6艘战舰的护航下，告别巍峨的金门大桥，消失在太平洋无边的雨雾中。

1942年4月18日，美军"大黄蜂"号航空母舰静静停泊在海湾中。航空母舰甲板上，黑压压地停满了一架架美国空军飞机，整装待发。

一声令下，这一架架飞机腾地升空，冲入云海，飞往日本海岛。当天，日本首都东京遭到了这些飞机的轰炸。一颗颗扔下的炸弹落地开花，爆炸声震耳欲聋，使日军一时惊恐万状，士兵人心惶惶。

这次空袭大大地打击了日军的嚣张气焰。美国总统罗斯福兴奋异常，为鼓舞盟军士气，他决定在当天召开一个新闻发布会，准备公布这条新闻，借助新闻媒介大造舆论。

罗斯福兴奋了一阵后，逐渐冷静了下来。他在总统办公室踱来踱去，喃喃自语："美国的新闻记者们个个铁嘴钢牙，变着法子要掘出独家新闻。这次空袭东京，日军并不知道美军飞机的正确方向。万一这些嗅觉灵敏的记者先生穷追不舍地问到这问题，岂不暴露了"大黄蜂"号航空母舰的准确位置？岂不给美国以后的作战行动带来严重后果？"

终于，他脑中闪过了一个美妙的字眼儿。

新闻发布会如期召开。会场大厅上，群情高涨，许多记者为这次空袭议论得面红耳赤。

果然，有一名记者抢先发话："总统先生，这次空袭消息一旦公布，一定会

大大鼓舞盟军的士气。不过，你能否讲出美军飞机的准确起飞地点？"问题触及了关键，会场一下子鸦雀无声。电视台、广播电台的记者纷纷举起了摄像机、话筒，报刊的记者们均举起笔等候记录。

罗斯福脱口而出："香格里拉！"

香格里拉，意为世外桃源。

"嗬！嗬嗬！"记者们发出一片欢呼声。因为这妙语为空袭增添了鼓舞人心的喜剧色彩。

哪儿去找这确切地址？企图从这次新闻发布会嗅出些蛛丝马迹的日本情报机关更是大失所望。

成长课堂

回答政治上的敏感问题要幽默巧妙滴水不漏，罗斯福巧妙地借文学里的词语来回答记者提问，既不失风度，又显得幽默。我们在平时的生活中也可学会运用幽默的语言解决问题。

男子汉宣言

遇到敏感问题巧妙转移的说话方法值得我们学习！

第欧根尼

酒桶里的

第欧根尼是著名的古希腊哲学家，被称为"大儒学派"的一位杰出首领。这位历史上的奇人最奇怪的举动便是爱在酒桶里生活。

有一次，亚历山大大帝来到科林特市，途中看见路上有一只大桶，桶内站着一个穿着破烂衣裳的人正要把一个喝水用的杯子扔掉。亚历山大断定他就是赫赫有名的奇人第欧根尼。原来，第欧根尼主张人要回到原始的大自然状态中去，像动物那样在大自然中生活，不需要一切人工制造的东西。他之所以要把杯子扔掉，是为了证明人完全可以依赖自然生活。

亚历山大大帝说："你一无所有，哪里是什么学派的首领，简直像个奴隶。"

第欧根尼回答："当奴隶有何不好？！我曾被人揪住带到奴隶市场上卖过，我当时就是奴隶。市场上卖奴隶，要了解奴隶的特长。有人问我有什么特长，我说我的特长就是当主人。我的话在市场上一传开，顿时把前来买奴隶的人都气跑了……其实，当个有做主人特长的奴隶，不是很好吗！"

第欧根尼回答问题的机智，给亚历山大大帝留下了深刻的印象。亚历山大大帝碰上这等有趣之人，下决心要帮助他。

"你有什么要求请讲，我一定满足你。"

第欧根尼躺在酒桶里伸伸懒腰，想了想说："我只要求你让开，因为你遮住了我的阳光。"

亚历山大大帝听罢，感叹道："我若不是国王的话，我就去做第欧根尼。"

非同寻常的言语竟对一位权势赫赫的君王有如此的吸引力！

像这类既富有哲学理念，又似乎荒诞可笑的言语，第欧根尼还有很多。

第欧根尼养成了在大白天点着灯走路的习惯。当有人诧异地问他为什么如此时，他就说："我正在找人。"第欧根尼其实是在讽刺当时社会上没有一个真正称得上"人"的有德行的人。这种奇语，既简单又易记，既通俗又深刻。第欧根尼有许多几乎是诗句的话语，处处闪烁着哲理的光芒。

　　有人问第欧根尼："世界上什么最难？"

　　"认清自己和隐瞒自己的思想。"他这样回答。

　　有人与第欧根尼谈起一位财主，问第欧根尼他是不是很富有？

　　"我不知道，"第欧根尼答道，"只晓得此人有很多钱。"

　　"那你就是说他是富翁啊！"

　　"富翁与很有钱不是一回事，"第欧根尼说，"真正的富翁是那些完全满足于其所有的人；而竭力追求更多地占有，要比那一无所有而泰然处世的人还要穷困。"

　　在这里，第欧根尼巧妙地避开回答"富翁"和"很有钱"在经济价值上的概念关联，而对其进行了哲学概念上的深层揭示，有力讥讽了当时社会上的那种倾慕财主的庸俗倾向。

　　第欧根尼，真乃奇人！

 成长课堂

　　辩论有很多讲究，这是一门学问，每一种辩论都要弄清楚到底谈的是什么。这就是事物的概念。只有以强大的知识作后盾才能在辩论中游刃有余。

　　能言善辩也要有雄厚的知识作为后盾，我要更努力地读书！

萨克斯智劝总统

著名物理学家阿尔伯德·爱因斯坦出生于德国。1933年1月，希特勒当上德国总理后，在国内残酷迫害人民，特别是犹太人。爱因斯坦和从事核研究的利奥·西拉德博士等科学家迁居美国。1939年春夏之间，当爱因斯坦等人知道希特勒正在着手研究核武器时，他和西拉德等人商议，一定要说服美国总统罗斯福，美国也应该研究核武器，从而与德国法西斯抗衡。

爱因斯坦在给总统的信上说：核裂变能产生极大的能量，如果应用核研究的最新成果，摧毁力极大的新型炸弹就有可能被制造出来。德国人最近连续召开了原子科学家会议，研究制造"铀设备"的问题，最近德国又突然从它的占领国捷克斯洛伐克弄到大批的铀矿石。如果数百万人的钢铁军团，再装备上在当时还绝无仅有的核武器，欧洲的战局将难以设想。因此，建议罗斯福总统批准着手研制原子弹。

信写好后，爱因斯坦找到了罗斯福总统的好朋友经济学家亚历山大·萨克斯，请他向总统面呈此信，并进行游说。

1939年10月，一直等了两个月的萨克斯才有机会进入白宫，他向总统面呈了爱因斯坦的这封信，并读了科学家们关于核裂发现的备忘录。

可是，罗斯福总统却听不懂那些生涩的科学论述，冷淡地对说得口干舌燥的萨克斯说，"这些都很有趣，不过政府若在现阶段干预此事，看来还为时过早。"

萨克斯像遭到当头一棒，脸色顿时变得惨白。

罗斯福送客时，觉得自己对好朋友的态度生硬了些，就邀请萨克斯第二天共进早餐。萨克斯的脸色才由阴转晴。

第二天早上7时，两位好朋友在餐桌上坐定，萨克斯刚想开口，罗斯福却把刀叉塞到他的手里说："老朋友，您又有什么绝妙的想法了？你究竟需要多少时间才能把话说完？"

萨克斯微笑地说："我不想在沉默的情况下和您共进早餐，那未免太单调了吧？"

罗斯福也笑了："那么，今天不许再谈爱因斯坦的信，一句也不许谈，明白吗？"

"明白，我的总统先生。"萨克斯用刀叉在桌面上"笃笃笃"地轻敲了几下。"我只想讲一点儿历史，有趣的历史，关于法国皇帝拿破仑的一件趣事。"

"拿破仑？"罗斯福来了兴趣，"好，您说吧。"

"英法战争时期，拿破仑在海上屡战屡败。这时，一位年轻的美国发明家富尔顿发明了轮船，他建议拿破仑把法国战舰的桅杆砍断，撤去风帆，装上蒸汽机，把木板换成钢板。可是对这项发明一窍不通的拿破仑却想：船没有帆就不能走，木板换成钢板就会沉没。于是，他把富尔顿轰了出去。历史学家们在评述这段历史时认为，如果当时拿破仑采纳了富尔顿的建议，19世纪的历史就得重写！"

罗斯福望着萨克斯深沉的目光，沉思了几分钟，然后拿出一瓶拿破仑时代的法国白兰地，在杯中斟满了酒递给萨克斯说："您胜利了！"

萨克斯顿时热泪盈眶："总统先生，您这句话揭开了美国制造原子弹历史的第一页！"

1945年7月，美国制造出的世界上第一颗原子弹爆炸了。

 成长课堂

　　萨克斯的聪明之处在于他采用了迂回战术来谈话，他没有白费唇舌，最后获得了总统的支持。谈话也是要讲究策略的。

 男子汉宣言

　　当谈话不顺利的时候，我也可以采用迂回曲折的方式取得胜利！

善意的 牧师

　　一位牧师正在向周围的一群听众讲解教义。牧师的声音很好听，而且他能把那些平常令非教徒感觉枯燥无味的教义讲解得非常生动。他说："上帝深爱着他的每一位子民，并且给予了他们同样公平的机会和能力，只不过有的人对深藏在自己体内的能力发掘得较早，而有的人则晚一点儿而已。只要不放弃，每个人都会得到上帝的帮助。共同努力吧，每一位上帝珍爱的子民，每一位从天而降的完美天使！"

　　当牧师准备走下讲坛的时候，周围的群众当中有人表示，牧师的讲解虽然煽动人心，可是却并没有正确地按照事实说话。首先向牧师提出疑问的是一位嗓门儿很大的青年男子。这位男子用右手食指指着自己的塌鼻子对牧师说："如果像你说的那样，上帝对他的每一位子民都是公平的，那他为什么把别人塑造成漂亮的天使，而我却长着这样一个难看的鼻子？"

　　青年男子的话引起了周围人的一阵哄笑。他们的这阵笑声令青年男子感到不开心。他认为众人是在嘲笑自己的塌鼻子，所以他直直地瞪着牧师，等待牧师的回答。

　　牧师依然微笑着，依然用自己娓娓动听的声音回答了青年男子的问题："你当然也是上帝最珍爱的完美天使，只不过在从天而降的时候，你的鼻子先着地而已。"

　　牧师的话刚说完，周围的人一阵发出会心的微笑。年轻人也听出此时人们的笑充满了善意和理解。

　　接下来，又有一位天生跛腿的女子也向牧师就自身的生理缺陷提出了疑问，她认为上帝对自己极不公平。

　　牧师用同样的声调和态度对眼前这位看上去很自卑的女子说："在你从天而降

的时候，你忘了在降落的过程中打开降落伞，而且你是用单腿着地的。"然后牧师指了指自己的一双短腿笑着说道："我同样忘记在降落的过程中打开降落伞，不过我是双腿一齐着地的。"

兰博基尼

在意大利乃至全世界，兰博基尼是诡异的，它神秘地诞生，出人意料地推出一款又一款让人咋舌的超级跑车。兰博基尼最能代表罗马2700年的历史，注定就是世界所有超级跑车的强劲对手。它是举世难得的艺术品，意大利最具声望的设计大师甘迪尼为其倾注了一生的心血。兰博基尼的每一个棱角、每一道线条都是如此完美，都在默默诠释它近乎原始的美。兰博基尼超级跑车，为挑战法拉利而来到人间，也许有一天它出生时的使命会改变，但是其终生延承不变的是乖张荒诞与不合情理。如此一个特立独行的跑车品牌是数十年来世界车坛追逐与猎奇的焦点。

当牧师的话音落下之后，讲坛下响起了一片掌声，而那两位提出疑问的青年男女的脸上洋溢着难得的自信笑容。过去他们总是为自己的一点儿缺陷而自卑、难过，可是现在他们可以从容地站在人群当中了，因为他们相信，自己同样是上帝珍爱的完美天使。

善意而沁人心脾的话，能够给人以轻松愉悦的感觉。这种话更容易让人接受和喜欢，说话的人也更容易得到别人的关注和喜爱。所以，我们在平时与人交流时，实在有必要注意自己的说话方式，在说话之前应该好好儿想想，这句话会让别人喜欢，还是让人心生厌恶。

在与别人交流的时候，我要注意自己的说话方式！

徐文长对倒县令

绍兴新来了一位县官，姓乌，颇有些文采，但也十分骄矜。他听说当地名士徐文长学问过人，能言善对，很不服气。

有一次，他邀请一批乡绅叙饮，并要徐文长参加，想乘机设法刁难他。

席上，乌县令乘着酒兴，出了一个上联要徐文长对。联曰："二人土上坐。"徐文长听了知道难对，因坐字拆开是两个人字一个土字，不过这难不倒他，他当即对出下联："一月日边明。"

接着，乌县令又出联："八刀分米粉。"这上联更难了，"八刀相拼是分"，"分"和"米"相合才是"粉"。下联势必也要这样相拼相合。众人都望着徐文长，看他如何对法。

然而徐文长只略一思索，便不紧不慢地答道："千里重金锺。"

乡绅们听了无不称妙。乌县令又出一对："海晏河清，王有四方当做国。"

徐文长看着室外的冬景对道："天寒地冻，水无两点不成冰。"

乌县令听了，也暗暗佩服这水字加两点成冰字对得好，但还不肯罢休。他说："这次我再出一联，对不出要罚酒三杯。"徐文长笑道："如果对出又怎样呢？"乌县令说："也罚我三杯。"于是又出了上联："笑指深林，一犬眠竹下。"

徐文长应声对道："闲看幽户，孤木立门中。"

乌县令无奈，只好被罚酒三杯。本来事情这样结束，也恰到好处。可偏偏乌县令赌气不认输，要压倒徐文长。这时，门外一个麻子佣人踏雪送酒进来，因他脚穿钉鞋，雪上留下一个个圆点，好像麻点。乌县令便不顾身份，即景出一联："钉鞋踏雪变麻子。"

徐文长听了，很替那佣人抱不平，心想，你出对难我无妨，去侮辱佣人实不应该。既然这样，我也要替这佣人出出气了。他抬头看见县令年纪轻轻，身穿狐裘，洋洋得意地自斟自饮，就随口对道："皮袄披身装畜生。"

徐文长下联一出口，满堂一阵哄笑。县令下不了台，恼羞成怒。这时，正巧一只老鼠穿堂而过，乌县令急中生智，忙走到徐文长跟前说："徐老先生，

我再出一联给你老先生对对。"随后念道："鼠无大小皆称老。"

徐文长一听就知道他不怀好意，心想：你身为县令，既然不知自爱，那我也就决不给你留一点儿面子。于是一拱手赔笑说："乌县令，我斗胆对下联了！"只听徐文长对道："龟有雄雌总姓乌。"

至此，乌县令满脸羞愧，无言以答，只好假装酒醉，拂袖退席。

 成长课堂

学识面前人人平等，这是一个斗智斗勇的场所。好一个徐文长！他每一次的对句都字字珠玑，对仗工整，并且蕴含智慧，值得我们品味和赏析。

 **男子汉宣言**

我也要多读书，争取具有出口成章的才华！

男子汉训练营

读了这么多精彩的故事，和故事中的主人公比起来，你觉得自己能成为一个能言善辩的小男子汉吗？不妨来训练营锻炼一下自己吧！

冷水边的篝火

一个巴格达商人有个浴池，池水冰冷彻骨，他扬言，谁能在池里泡一夜，赏谁一百个金币。有个穷人为了得到这份报酬，一咬牙奋不顾身跳进浴池。半夜时分，穷人的儿子来浴池，发现父亲没有冻死，便在池边点燃篝火陪伴父亲到天亮。第二天去要钱，商人却说穷人靠篝火暖了身体，拒绝付钱。穷人只好找法官告状，可是所有法官都偏袒商人。穷人把他的不幸一五一十地告诉了阿布·纳瓦斯。阿布·纳瓦斯邀请国王、法官、大官们和那个商人都到他家去做客。客人们如约赶到，可是一直不见主人将饭菜端来待客。大家饿极了，便跑到后面催问，只见阿布·纳瓦斯在树下生了一堆火，锅却吊在离火较高的树枝上。他们惊奇地问他，这么高的距离煮饭，何时才能将锅烧热？

在这种情况下，你知道阿布·纳瓦斯是如何回答的吗？

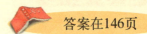

答案在146页

《谁能走出沙漠》答案：

几天之后，当探险家准备离开时，他找到了上次和他合作的那位青年，对他说：你按照我的办法，一定能走出沙漠！这个办法很简单——白天睡觉晚上走。但千万记住，一定要对着北方天空最亮的那颗星星走，绝对不能改变方向！探险家离开了村子，半信半疑的青年最后决定照着探险家的方法试一试，果然，只不过用了三个夜晚，他真的走出了大沙漠！原来探险家用北斗星指引方向，这样就可以轻松走出沙漠。为自己选择一个前进的灯塔，会更容易走向成功。

第四章

善于思考，做智慧的主人

◀ 以前的我

课堂上，同学们积极回答老师的提出问题。

这道题我可不会做。

老师提了一个问题，我想都没想就说："我不会。"

◀ 现在的我

上课的时候我积极动脑思考，踊跃回答问题。

老师夸我是个善于思考的好孩子。

◀ 以前的我

终于装好了模型，我很高兴。

模型已经组装出来了，为什么还要想新的方法？

老师让我想个新思路来组装模型，我懒得去做。

◀ 现在的我

老师说有新方法来组装模型，我想到了好几个。

我把新的方法告诉小伙伴们，我们做出了好多模型。

以前的我

我在检查刚刚完成的作业。

我真懒得思考问题啊!

同样的一道题,我总是做错。

现在的我

我拿着作业本,仔细查找出错的原因。

我发现总是做错题,是因为我记错了数学公式。

◀ 以前的我

家里新买了一盆漂亮的杜鹃花。

这盆杜鹃花要死了，还是扔掉吧。

我准备扔掉放在阳台上的杜鹃花。

◀ 现在的我

我到网上去查杜鹃花的相关资料。

查过资料，我知道杜鹃花喜阴，不应放在阳台上。

我的成长计划书

善于思考，做智慧的主人

我现在怎么不爱动脑筋呢？记得小时候我很喜欢动脑筋的，在幼儿园里老师问问题，我总是想第一个猜出问题的答案；遇到不懂的事情，我总会问"为什么"……现在的我变了，我不爱问问题，不爱去思考，从来不去问"为什么"。爸爸说我就是懒得动脑。这样的习惯可不太好。我一定要改掉这个坏习惯，变得善于思考，这样才会成为一个优秀的小男子汉。

1. 上课时，我要积极思考，对所学的知识多问几个为什么。

2. 平时做作业的时候我要勤于思考，想想有没有更好的方法。

3. 当我犯错误的时候，我要认真思考犯错的原因，争取下次不再犯错。

4. 当生活中遇到不懂的事情，我要虚心向别人请教或查资料。

5. 遇到难题时，我要从各个方面寻找方法，圆满解决问题。

问 倒 教 授 ？

课堂上，大学教授问他的学生甲："上帝创造了一切吗？"

学生甲勇敢地回答说："是的，他创造了一切！"

"上帝创造了每一样东西吗？"教授又问。

"是的，先生。"学生甲答道。

教授继续问："如果上帝创造了一切，那么邪恶也是上帝创造的了？根据人类的主要行为来判断，上帝也是邪恶的了？"

学生甲沉默不语，无言以对。

教授很得意，自认为再次向学生证明了宗教信仰只是虚幻不实的神话。

这时，另一个学生举手说："教授，我可以问您一个问题吗？"

"当然可以！"教授爽快地答道。

这个学生站起来问："教授，寒冷存在吗？"

"这是什么问题，寒冷当然存在，难道你感觉不到吗？"教授答道，同学们哄笑起来。

这个学生反驳道："先生，事实上寒冷并不存在！根据物理学原理，我们

感觉到的寒冷实质上只是缺少热度，当热度存在时或者传递能量时，我们的身体是可以感觉到的。热度是可以测量的，寒冷却不能，寒冷这个词只是为了我们描述缺少热度时的感觉。绝对零度(零下273度)是热度的完全消失，所有的物质停止一切运动，包括分子原子等所有的范畴，不过这是绝对现象，事实上并不存在绝对零度。"

这个学生又问："教授，黑

暗存在吗？"

教授答："当然存在。"

这个学生说道："教授您又错了，黑暗同样不存在！事实上黑暗是因为缺少光亮。光是可以测量的，黑暗却不能。我们可以用牛顿的三棱镜将日光折射出各种各样的颜色，并且可以研究它们各自的波长，但是黑暗是无法去测量的。仅仅是一道光线就可以划破一个黑暗的世界并将它照亮，但是你无法知道一个空间的黑暗是多少。所以黑暗一词只是人类为了描述当光亮不存在的时候是什么样子。"

最后这个学生问道："教授，邪恶存在吗？"

这时教授不是很肯定地说道："当然，我已经说过了，我们每天都可以看到邪恶，每天都有人类的残忍行为施与生命，世界上到处都有施暴的人群。这些事实除了邪恶还能是什么呢？"

这时这个学生说："教授，您还是错了，邪恶并不存在！邪恶只是心中缺少爱的状态，这就像寒冷和黑暗一样，邪恶是人类用来描述缺少爱的词语。上帝并没有创造邪恶，上帝只创造了爱，只是当人类偷吃了禁果以后，心中的爱越来越少，邪恶是人们的心中缺少了上帝之爱的结果，这正如寒冷的到来是因为缺少热度，黑暗的到来是因为没有光亮一样。"

这时，教授问："年轻人，你叫什么名字？"

这个学生回答："我叫艾尔伯特·爱因斯坦。"

成长课堂

懂得发问的学生是善于思考的学生，是最会学习的学生。年轻的爱因斯坦竟然问倒了学识渊博的教授，这一切都源于他善于思考。可见善于思考是一种我们都应具备的良好思维方式。

男子汉宣言

以后我也要多学习，勤思考，遇事多问几个为什么！

盛饭的哲学

德克萨斯州的亚林诺到了上中学的年纪，母亲把他送入当地一所学校。学校实行全封闭寄宿管理制。封闭式学校是一种将教学、饮食、住宿、活动等都集中在同一个校区内进行的学校。大部分军事院校采取的就是封闭模式，一些培训学校为了增强培训效果也采用封闭模式。封闭式分为全封闭和半封闭。全封闭要求衣食住行全部在规定范围内；半封闭会定期或不定期开放。比如体育运动员的封闭式训练就要求全封闭，而一些培训班的短期培训活动可能是半封闭。亚林诺的学校就是一所全封闭寄宿管理学校。

在开学之前，学校沿袭历年传统，在开学之前对学生进行为期10天的意志磨炼训练，也就是开学前的军训。

学校餐厅的午餐是无限量免费供应的，由于训练相当艰苦，往往等到亚林诺再去盛第二碗饭的时候，大锅里总是空空如也。

第二天，当亚林诺又一次去盛饭时，饭又被盛完了。12岁的亚林诺嘟着嘴，这已经是他第三次饿肚子了。亚林诺不是一个被宠坏的孩子，但是在对待饥饿这一问题上，他快受不了了！他偷偷地溜出校门，想到外面的快餐店买一块三明治或是面包。他猫着腰，穿过一片林子，正准备翻过学校的小围墙时，很不幸，被校长发现了，他受到了严厉的处罚。

第三天，一直担心孩子的母亲来看儿子，亚林诺满腹委屈地向母亲倾诉。谁知母亲听后哈哈大笑说："孩子，吃饭的时候，你是不是一开始就盛了满满一大碗？"

亚林诺回答："是的。"

母亲又说："这就对了，所以你吃不饱！"

亚林诺更诧异了："我要是不先盛一大碗，

就更吃不饱了。"

母亲神秘一笑："你可以先盛半碗，这样你肯定就比别人先吃完，就有时间去盛第二碗，而且可以是满满一大碗！"

其实，在我们的生活中，还有许多这样的小事，并不是没有办法，而是我们不曾换一种思维去想。

有时候，解决难题并不在于去寻找解决难题的方法，而是去超越它，把难题变得容易。就像吃饭，在没了外出加餐的出路后，我们可以把思维放在怎样多盛饭的问题上。这样想问题就少走了弯路。

成长课堂

吃饭看起来是件小事，好像不需要智慧。但是在一群刚刚锻炼完的孩子们中间，这就不是一件简单的事情。怎样才能吃得饱呢？这也需要动脑筋，盛饭也需要智慧，其实任何事情想要做好都是和勤于思考分不开的！

男子汉宣言

善于思考，在生活小事上也做一个聪明的人！

渐渐漂移的大陆

一天，德国气象学家魏格纳躺在病床上看书，看的时间长了，他放下书本，想活动一下身子再看，同时让眼睛也休息一下。他尽力把自己的视线推得远一些，看看窗外……这时，他的目光落在了贴在墙上的一幅世界地图上。他很有兴趣地看着那奇形怪状的陆地地形，看着那曲曲折折的海岸线，那海洋，那岛屿。看着看着，他发现：

大西洋西岸的巴西东端呈直角的凸出部分，与东岸非洲几内亚湾的凹进去的部分，一边像是多了一块，一边像是少了一块，正好能合拢起来，再进一步对照，巴西海岸几乎都有凹进去的部分相对应。魏格纳想："这些大陆看起来就像用手掰开的面包片一样，难道大西洋两岸的大陆原来是一整块，后来才分开的吗？会不会是巧合呢？"一个个问题在他脑海中跳跃着，这个偶然的发现，使他感到十分兴奋。"如果我的推测是正确的话，我一定要用事实来证明它！"魏格纳又冷静地思考起来："假如现在被大西洋隔开的大陆原来是一整块的话，那么，形成大陆的地层、山脉等地理特征也应该是相近的，隔在两岸的动物、植物也应有一定的亲缘关系，它们曾有过相同的生存环境……"

病好之后，魏格纳走遍了大西洋两岸，进行实地考察。在考察中他发现：有一种蜗牛既生活在欧洲大陆，也生活在北美洲的大西洋沿岸。可以想象，蜗牛不可能远涉重洋，也没人听说过曾经有人"引进"过这种野生的蜗牛。他还对同样出现在巴西和南非地层中的龙化石进行了比较研究并认为：这种爬行动物也不可能跨越大海，最重要的是，这种龙在其他地区的地层中并没有被发现过……根据生物学家达尔文的物种进化原理，相同的生物不可能在相隔很远的两个地区分别独立地形成，它们必定起源于同一个地区。种种迹象表明，两岸的大陆原来是连在一起的整块！

男孩卡片

法拉利

法拉利(Ferrari)是一家意大利汽车生产商，1929年由恩佐·法拉利创办，主要制造一级方程式赛车、赛车及高性能跑车，法拉利生产的汽车大部分采用手工制造，年产量大约4300台。它的总部位于意大利摩德纳附近的马拉内罗。早期的法拉利赞助赛车手及生产赛车，1947年开始独立生产汽车，其后变成今日的规模。法拉利汽车公司的创始人恩佐·法拉利说，他最中意的赛车是他还没有造出来的赛车，他最大的成功是他还没有达到的成功。

于是，1914年，魏格纳创立了一个崭新的学说——大陆漂移说。他指出：现在的美洲与欧洲、亚洲、非洲，澳大利亚与南极洲，本来是连在一起的。大约两亿年前，由于地壳的运动，大陆慢慢分裂，开始缓慢地漂移，渐渐成了现在的样子。并且，现在还在慢慢地漂移着，他认为：印度次大陆是从南极洲漂移过来的，与正在向东漂移的亚洲相撞，而突起的"世界屋脊"喜马拉雅山就是这样形成的。这种运动至今还在悄悄地进行着，喜马拉雅山至今也没停止向北拥挤。对资料的分析研究证明，1300多年以来，西藏与印度之间大概缩短了60米，而澳大利亚也正在向北漂移。

"整个人类居住的陆地就像巨大无比的航船，在非常缓慢地漂移。千百万年后，世界的面目真不知道会变成什么样子呢！"

成长课堂

认真思考是一个好习惯，但是怎样养成这种习惯呢？首要的也是重要的条件就是要学会认真观察，这是学会思考的前提条件。魏格纳不就是因为病床上的一次认真的观察而提出了大陆漂移说吗？

男子汉宣言

遇到问题时，要多观察，仔细思考其中的奥秘！

米糠里的维生素

1883年，艾克曼从阿姆斯特丹大学医学院毕业后，赴荷属东印度任军医。1886年，艾克曼参加了荷兰政府组织的脚气病研究委员会。1893年，他从故乡坐船到达印度尼西亚的爪哇岛，考察这里正流行着的脚气病。

这是一种很严重的脚气病，人得了此病，吃不下饭，睡不好觉，浑身没力气，走路也不方便。奇怪的是，当地的许多鸡竟然也患上了这种病。艾克曼是个细菌学专家，他想："脚气病这样普遍，是不是由细菌传染引起的呢？"于是他养了一群鸡，对鸡进行了研究。他用显微镜仔细观察从鸡的各部位上弄来的取样涂片，几年来都没发现任何脚气病菌的踪影。而他自己却得了脚气病，他用来做实验的鸡们也得了这种病。鸡成批地死去了，只有一小部分活了下来。艾克曼曾用多种方式治疗过那些生病的鸡，但都没有成效。奇怪的是，那些活下来的鸡，未经任何治疗，几个月后脚气病却自然而然地好了。"这是怎么一回事呢？"艾克曼天天守在那几只鸡旁，想找出其中的原因。

有一天，艾克曼正蹲在鸡栏里观察鸡的活动情况，这时，新雇来的饲养员走过来喂鸡。艾克曼望着鸡群纷纷抢食的劲头，脑子里忽然冒出了一个想法：这些鸡都是这位饲养员喂的，而这位饲养员来了只有两个多月。值得注意的是，正是这个饲养员来了两个多月以后，鸡的病才好了起来。这两件事情是偶然的巧合呢？还是有某种必然的联系？

艾克曼仔细调查了前后两个饲养员的情况。原来，前面的那个饲养员只图省事，总是用人吃剩的白米饭喂鸡，而新来的饲养员非常勤快，总是用一些拌着粗粮的饲料喂鸡。

"原因是不是出在饲料里？"艾克曼脑中闪出一个念头。于是，他重新买了一批健康的鸡，分成两组饲养，一组鸡用白米饭喂养，一组鸡用粗饲料喂养。过了一个多月，预计的情况果然发生了：用白米饭喂养的鸡患了脚气病，而用粗饲料喂养的鸡却一直很健康。

"问题就出在饲料上！"艾克曼作出了判断。接着，他又想："吃粗粮能不能治好人的脚气病呢？"

"这个实验得从我身上做起。"艾克曼坚持吃起粗粮来，不多久，他的脚气病果然渐渐好了。艾克曼非常高兴，把这个方法推广开来。爪哇岛的居民都吃起了粗粮，脚气病果然也一个个地好了。

艾克曼并不满足于表面上的成功，而是冷静地分析起来：爪哇岛的人们习惯吃精白米，而把米糠丢掉了，会不会就在扔掉的米糠中有一种重要物质，人缺少

这种东西就会得脚气病？艾克曼于是对米糠进行了化验，最后终于发现和提取出一种不为人们知道的特殊物质——"维生素"。艾克曼因发现维生素而获得了1929年的诺贝尔医学奖。

现在，对于维生素是维持生命必不可少的物质这一点，已成为一种常识。

成长课堂

遇到问题我们到底应该怎么办呢？是积极动手动脑去思考去实践呢？还是仅仅停留在已经知道的知识中？我们所掌握的知识是有限的，所以我们还要积极地动手实践，这样能帮助我们思考得更加深入！

男子汉宣言

在处理问题时，我们不仅要动脑，还要动手！

指南针失灵以后

俄罗斯库尔茨克地区的铁矿有着极其丰富的蕴藏量。但这个大铁矿的发现，不是有意勘探的结果，而是一次俄罗斯物理学家斯米尔诺夫偶然旅游的结果；发现它的存在的，不是高级的探矿仪器，而是一只平平常常的指南针。

1874年的一天，斯米尔诺夫到库尔茨克地区旅游，他随身带着一只小巧的指南针。有一次，当他拿出指南针测定方向时，只见指南针凝固不动了，死死地定在一个方向上。他觉得很奇怪，以为指南针出了毛病，轻轻地抖动了一下，但是指南针还是一动也不动。

回家整理旅游物品的时候，他发现指南针的指针还是很准确地指向南方，指南针轻轻地抖动着，但是始终对着南方。他对着指南针左看右看，相信不是指南针出了毛病。那么是什么原因在那个神秘的地方，指南针竟会失灵呢？指南针之所以会指向南方，那是因为地球自身是个大磁体，也有南极和北极，磁极与地球的南北极并不重合，但相距不远。指南针受到磁力的吸引，因此，一直指着南方。在库尔茨克时指南针忽然不动，会不会这里有个大的磁场，把指南针紧紧地吸住了呢？

他又一次来到库尔茨克，与上次一样，到了一定的区域里，指南针又失灵了。在相当大的一个区域里，指南针都不再指向南方，而是被什么东西吸住不动。只有远离这个地方，指南针才会恢复活力。

他相信，这里的地下一定有个强大的磁场，也许是一个巨大的铁矿。铁矿有可能感应了磁性，有了自己的磁场。于是，他写了一篇文章，预言库尔茨克的地底下，有一个大型的磁铁矿。

40多年后，1923年，苏联政府又想起了这个科学预测，派出了地质学家们对这个地区进行了地球物理勘探。探井钻机开始隆隆地转动起来。

奔驰

奔驰制造了第一辆世界公认的汽车。现在，一百多年过去了，汽车早已度过了它的百岁寿辰。而这一百多年来，随着汽车工业的蓬勃发展，曾涌现出很多的汽车厂家。到如今，能够经历风风雨雨而最终保存下来的，不过三四家，而百年老店，却只有奔驰公司一家。

当钻到163米深的地方，取出了样品，经过化验，证明是氧化铁矿石。它的藏量丰富，磁性也很强烈。因此，在它的上面，铁矿产生的磁场紧紧地吸住了指南针，使指南针到了这里就会失灵。

成长课堂

人人都想成为一个善于思考的有智慧的人。我们应该如何对待出现的问题呢？思考问题不要轻易放弃，要善于从偶然现象中观察到别人注意不到的方面，要有持之以恒的耐心！

男子汉宣言

遇到问题时，不轻易放弃，坚持进行深入思考！

歉收五年的地方

凡到过美国衣阿华州西奥斯克城的销售员，都抱怨那里的生意真难做。简直是到处碰壁，一事无成。他们总结其原因是：首先在那里居住的都是荷兰人，他们的宗派观念非常强烈，不愿购买陌生人的东西；同时因为那个地方已经连续歉收了5年，经济拮据，人们不想购买可有可无之物。时间长了，销售员们对这块地方失去了信心，把到西奥斯克城去做生意视为畏途。

虽然由克里曼特·斯通任经理的公司的销售员们也遭遇到这种情况，发出了种种抱怨和牢骚，但克里曼特并不相信这是真的。他认为生意是人做的，凡是有人生活的地方总是有生意可做的。问题是应该怎样去做。他亲自驾车前往西奥斯克城，进行销售。他在车上仔细分析了当地的特点，决定了如何去推销自己的保险。

克里曼特径直来到西奥斯克城的市中心，走进了当地最大的一家银行，找到了银行的经理，向他推销一种意外事故的保险单。他简要地介绍了自己经办的保险业务，说道："我们的保险单只要收很低的费用，却能向你提供可靠的保证。"

没费多少口舌，银行经理就买了克里曼特的保险单，在场的一个出纳员和一个收款员也跟着买了保险单。

克里曼特又跑到别的商店和单位，那里的人也纷纷购买了保险单。销售情况出乎意料的好。真像有神灵庇护一样，他的生意做得极为顺手。

其实，根本不存在神灵庇护之说，克里曼特在向公司的销售员谈到

这次成功的经营时解释说："别家公司的销售员认为西奥斯克城都是荷兰人，他们有极强的宗派观念。而我仔细分析了当地的情况，发现他们那里已经歉收了5

奥迪

奥迪是一个国际高品质汽车开发商和制造商，现为大众汽车公司的子公司，总部设在德国的英戈尔施塔特。奥迪是德国历史最悠久的汽车制造商之一。从1932年起，奥迪开始采用四环徽标，它象征着奥迪与小奇迹(DKW)、霍希(Horch)和漫游者(Wanderer)合并成的汽车联盟公司。在20世纪30年代，汽车联盟公司涵盖了德国汽车工业能够提供的所有乘用车领域。

年，所以人们非常害怕再发生意外事故，我选择了保险单这个商品向他们出售，使他们觉得'保险单'并非可有可无，而是保障其生命财产安全的必备之物，结果一下子打开了局面。当社会关系极广的银行经理购买了保险单后，其他人就纷纷效仿了。"

同样的条件，在别的销售员眼中是不利因素，而在克里曼特的眼中却变成了有利因素，这种转换的关键是他没有盲目地跟从，而是根据自己的分析去采取相应的措施，这使他最终获得了成功。

 成长课堂

克里曼特面对一群不愿购买陌生人的东西的荷兰人，最终仍然取得了成功，其中的关键在于面对棘手的事情时，他善于思考，分析具体情况，作出决定。只有这样才能顺利地解决问题！

 男子汉宣言

要朝着积极乐观的方向去思考！

男子汉 训练营

读了这么多精彩的故事，和故事中的主人公比起来，你觉得自己能成为一个善于思考的小·男子汉吗？不妨来训练营锻炼一下自己吧！

把玉米变成黄金

　　考泽是美国艾奥瓦州的农民，和美国西部其他农民一样，考泽主要以种植玉米为生。虽然美国是发达国家，但种田的农民也是很艰辛的。为了有个好收成，考泽要像照顾孩子一样伺候自己的庄稼，年复一年，他累弯了腰，生活却没有什么变化。种玉米，卖玉米，再种玉米，再卖玉米，几十年来，考泽一直在农田里重复着这个周而复始的轮回，每年秋收，考泽总会出神地看着那些堆积如山的玉米，那时，他常常幻想着这些金黄色的玉米会变成金灿灿的黄金。玉米作为一种普通的粮食，它的价格是很低廉的，这是小孩子都知道的事，但考泽却不这样认为。他在那些玉米中捕捉着灵感，寻找着希望。他相信，那些玉米粒中一定潜藏着人们未发现的价值，如果改变玉米的命运，就会改变自己的命运。

　　你知道之后发生了什么样的故事吗？

答案在126页

《用火灭火的老猎手》答案：

　　就在这时，一位老猎人出现在游客们的面前，他让大家动手拔掉这一片干草，清出一块地面。火是从北面烧过来的，老猎人让大家站到空地的南端，自己跑到空地的北端，并把草堆搬到北边去。一会儿，大火快烧近时，老猎人才拿了一束很干的草点起来，堆在游客北面的草立刻熊熊地烧着了，竟然逆着风迎着大火方向烧去。这两股火立刻打起架来。火势居然慢慢小了，而留给游客的空间越来越大。两股大火斗了一阵子，终于"精疲力竭"，慢慢地熄灭了。只剩下大股黄褐色的烟柱还在草地上不住地盘旋上升。

第五章

培养丰富想象力，畅游知识海洋

以前的我

我聚精会神地看着动画片。

小猫咪的命运怎样，管它呢！

动画片放完后，我直接跑出去玩儿了。

现在的我

我坐在书桌前想象小猫咪拯救了被困的伙伴。

动画片的结局和我想的一样，我真是太棒了。

◀ 以前的我

我和小伙伴坐在草坪上数星星。

他们说那几颗星星看起来像勺子。

我呆呆地看着天上的星星。

◀ 现在的我

把那几颗星星连起来，我发现它们真的很像勺子。

观察星座真好玩儿，以后我也要经常来看星星。

以前的我

我漫不经心地摆弄手中的材料。

同学们都做出了很多手工品，只有我两手空空。

现在的我

我自己认真思考手工制作的内容。

我兴高采烈地拿着自己制作出来的飞机模型。

◀ 以前的我

故事续写

老师布置了故事续写的作业。

我真不喜欢故事续写!

我想了半天,也没有想出故事结局。

◀ 现在的我

我想到了一个特别精彩的续写内容。

我续写的故事,得到了老师的表扬。

我的成长计划书

培养丰富想象力，畅游知识海洋

作文中的语句是干巴巴的；出去游玩前，我很少会去想象这个地方的样子；看电视剧的时候我很少去想后面会发生什么事情；别人眼中具有各种形状的星星，在我看来也没什么……这样看来可不太好。爱因斯坦说过：想象力比知识更重要。在努力学习知识的同时，我也要培养想象力，这样才会成为一个优秀的小男子汉。

1. 看书时，采用跳读方式；跳过的地方，运用想象力补充它的内容。

2. 看过电视转播的运动比赛以后，想象第二天报纸的标题，以及报道内容。

3. 和人见面以前，事先预想会面对的状况，并且设想问题。

4. 看见一些常见的事物，努力想象将它们组合还可以变成什么样子。

5. 每周阅读与历史有关的书和科幻小说，锻炼自己的想象力。

下篇 站在屋顶上

美国某建筑公司率先向社会隆重推出"预铸房屋"，满以为这种产品是对传统建筑业那种固定、死板生产方式的改革，定会受到用户的欢迎。谁知，投放市场后，久久无人问津。公司的董事长、总经理以及工程师很不甘心，派出推销员四处调查，原来是人们普遍对"预铸房屋"抱有怀疑，认为其安全性能有问题，不牢靠，容易损坏或塌裂，因此不敢也不愿掏钱购买。

怎样才能消除用户对新产品的不信任感呢？公司召集专家研究对策。

有的说："只要将一系列抗震抗压试验的数据推出去就可以了。"

有的说："开一个记者招待会，让他们亲眼看我们的破坏性试验，用以证明预铸房屋的坚固性能就是了。"

董事长、总经理听了觉得很有道理，便采纳他们的建议，向社会推出数据并召开新闻发布会。事后，他们颇有信心地等待销路打开的喜讯。哪晓得，新产品还是遭到了冷遇。公司智穷计尽，陷入了困境。

这时，美国NOWSON广告社派人上门接洽业务，表示能够通过巧妙的广告画来帮助公司打开产品销路。

董事长摇摇头，不以为然地说："硬邦邦的数据都不能让人相信，一幅广告画更让人觉得是吹牛皮了。"

广告社的业务员笑道："先生请不要小看我们。我们来签订合约：如果打不开销路，广告费我们分文不收；如若打开销路，你们加倍偿付我们，怎么样？"

董事长见广告社信心颇大，签约的条件又有利于本公司，便同意了。

广告社接到业务，对"预铸房屋"做了一番研究，便请本社最有权威的广告专家设计了一幅广告画。开始，建筑公司认为这幅画简直是为儿童创作的，不会产生什么轰动效应。然而，当报刊上登出这幅广告画后，市场形势出人意料地好转起来，

悍马

美国AMG公司以生产悍马（Hummer）而扬名世界。AMG公司的创始人是一位自行车制造商乌特，1903年成立越野汽车部。1992年，AMG又转入了Renco集团。同年，借助于在海湾战争中的优异表现，第一辆民用悍马面世，即悍马越野车，立刻赢得了众多青睐。由于优异的运行性能，被业内外人士誉为"越野车王"。1999年，通用汽车公司从AM General取得了悍马的商标使用权和生产权。

"预铸房屋"以惊人的速度开始畅销，公司加班生产也难以应付社会掀起的抢购热潮。

那么，这是一幅怎样的广告画呢？很简单，是一头大象站在预铸屋顶上。

公司董事长找到广告社，好奇地问："这幅画为什么有如此神奇的效能？"

广告社回答道："数据并不能给人以安全感，而这头大象的重量足以证明"预铸房屋"抗压的坚固性，数据能够造假，大象在人们的印象里却是实实在在的。这是一种奇妙的心理作用。"

董事长服了，立即按照契约支付给广告社双倍的业务费。

广告社发挥自己的想象力，让大象站在屋顶上，这样的设计不仅给人们留下了深刻的印象，也取得了良好的收益。可见，打开思路、大胆运用想象，会对我们的生活产生巨大的影响。

男子汉宣言

做事情时，我要进行大胆、合理的想象！

会说话的 垃圾桶

一天，某国元首访问荷兰的一座城市，当访问行将结束时，市长设盛宴欢送贵宾。席间，市长不无诚意地对客人说："总统阁下，这几天中，您访问了本市的许多地方，一定发现了不少我们在市政建设及其他各项工作中存在的弊端吧，恭请总统阁下直言不讳予以指点。"

这本是一句体面的客套话，可谁料这位总统先生还真老实不客气地讲开了："市长先生，我曾听说过，荷兰是个花园之国，文明礼仪之邦。可是，此次访问贵市，所到之处，看到的却是垃圾堆多于鲜花丛。"

这位外国总统的话音刚落，立刻引起了在座众多新闻记者的哄堂大笑。市长面红耳赤，狼狈不堪。

从此，解决由于乱丢垃圾而引起的城市环境卫生问题，成了该市政局的首要工作，由市长亲自命令城市卫生局来做这项工作。

卫生局采取的第一个办法是，对乱堆乱放垃圾者罚金25元。可是，许多居民并不在乎这些小钱，垃圾还是照样乱抛不误。于是当局把罚金提高到50元。一些人白天怕罚款，就晚上偷偷跑到街上一倒了事。

看来，靠罚款解决不了问题。于是，卫生部门采取了另一个方法，增加街道巡逻人员，采取强硬措施，勒令倒垃圾者务必把垃圾倒入垃圾桶里。然而街道上地域宽广，卫生巡逻人员的人数也毕竟有限。不自觉的居民像是在跟巡逻队员捉迷藏。你在东街巡逻，他在西街把垃圾乱倒一气；你在西街巡逻，他又在东街把垃圾乱倒一气。显然这种带强制性的措施，效果也不理想。

究竟如何才能根除这个垃圾祸害呢？该市的卫生工作人员可谓绞尽了脑汁，他们又用了其他几种办法，结果也都不行，弄得卫生局长整日愁眉苦脸。

"局长，我倒是有一个办法能解决目前的垃圾问题。"一日，卫生局长的办公室里来了一个潇洒的年轻人，他是专程来献计献策的……过了几天，该市的居民奔走相告着一桩奇事：本市的垃圾桶会讲话，而且会讲故事，十分有趣。

这消息像插了翅膀在街头巷尾流传。许多不知详情的人，都怀着好奇心，宁肯多走几步也不肯把垃圾随地乱倒了。每次，他们在倒垃圾时往往会被垃圾桶讲的笑话逗得前仰后合，一到家便转告给家人听。

原来，那位年轻人的办法是：设计一种电动垃圾桶，在桶上装个感应器，每当垃圾丢进桶里，感应器就启动录音机，播出一则事先录制好的笑话，笑话经常变，不同的垃圾桶的笑话也不同。于是充满幽默感的垃圾桶，悄悄治愈了市民乱抛垃圾的毛病。

成长课堂

会说话的电动垃圾桶，不仅吸引了市民前去扔垃圾，同时也悄悄地实现了设计者最初的目的，而它的诞生则源于年轻人丰富的想象力。其实，我们的头脑中也装着很多这样的奇思妙想呢。

男子汉宣言

我也要在日常生活中发明一些小东西，培养自己的想象力！

越狱者 和 降落伞

降落伞为什么叫"伞"呢？谁都知道它是一种空降器具，不具备伞的挡雨遮阳作用。但它确实跟伞有着渊源，是从伞发展而来的。世界上第一把降落伞就是由雨伞制成的。

1638年，有个叫拉文的人被意大利当局抓进了监狱。拉文忍受不了监狱的生活，几次想越狱出逃，但总想不出合适的越狱办法。监狱的围墙非常高，要想爬上去很不容易。有一天放风，他装作散步的样子，沿着围墙走了一圈，终于找到了一个可以攀登的地方。他心中暗暗记住了那个地方，打算找个机会从那儿爬出去。可是，回到牢房后仔细一想，心又凉了半截："那么高的围墙，就是爬上去，怎么下去呢？如果从墙上往下跳，不摔死也得摔断腿。"

监狱里既找不到绳子，也找不到其他的工具，拉文在牢房里苦苦地想了半夜，还是想不出什么好办法来。

过了好多天，在一个可以探监的日子里，他的亲戚来探望他，临走时，无意中给他留下了一把伞。管监狱的人也没多管，以为那是普通的生活用品。因为无法逃出监狱，拉文的情绪相当低落。监狱的生活非常枯燥，无聊之际，拉文玩儿起那把雨伞来。他将雨伞打开，收起，打开，收起，再打开，举在空中转来转去。当他将伞举高，猛地往下一拉时，那伞因受空气的阻力拉起来变得重了许多……玩儿着，玩儿着，他突然受到了一个启发："能不能用伞做跳墙的越狱工具呢？"

这是一个风雨交加的夜晚，拉文开始行动了。他躲开了看守监狱的人，带着那把雨伞溜到自己早已选定的地点。那把伞他事先已进行了加固：前几天，他撕破衣服做成了布绳，一条条布绳就是最早的伞索，一头系在伞骨的边缘，一头拴在手握的伞把上。

一看四处无人，拉文迅速地爬上了又高又陡的围墙。雨还在

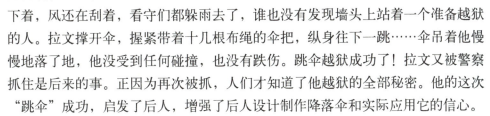

宝马

宝马是驰名世界的汽车企业之一，也被认为是高档汽车生产业的先导。宝马公司创建于1916年，总部设在德国慕尼黑。90多年来，它由最初的一家飞机引擎生产厂发展成为今天以高级轿车为主导，并生产享誉全球的飞机引擎、越野车和摩托车的企业集团，名列世界汽车公司前20名。宝马公司的全称是"Bayerische Motoren Werhe A.G"，BMW就是这三个单词的首位字母缩写。

下着，风还在刮着，看守们都躲雨去了，谁也没有发现墙头上站着一个准备越狱的人。拉文撑开伞，握紧带着十几根布绳的伞把，纵身往下一跳……伞吊着他慢慢地落了地，他没受到任何碰撞，也没有跌伤。跳伞越狱成功了！拉文又被警察抓住是后来的事。正因为再次被抓，人们才知道了他越狱的全部秘密。他的这次"跳伞"成功，启发了后人，增强了后人设计制作降落伞和实际应用它的信心。

成长课堂

拉文发挥自己丰富的想象力，将雨伞变成了跳伞。虽然他的越狱行为不值得我们学习，但是他大胆想象、将"不可能"变成"可能"的行为却是我们应该学习的。

男子汉宣言

我也要大胆想象，努力实现一些不可能的事情！

将鱼养在沙漠里

以色列的内盖夫沙漠幅员辽阔，寸草不生，不适宜人类生存。众所周知，以色列是个弹丸之地，与巴勒斯坦因土地之争，硝烟弥漫烽火连天，但它却有非常发达的农业、畜牧业。虽然境内湖泊极为有限，但也是鱼虾等水产品的出口国。

如此众多的水产品难道是从天而降？沃莱夫是到沙漠里养鱼虾的第一人。他创办的以他名字命名的沃莱夫水产品公司，立足沙漠，经过近年来的发展，已经成为以色列最大的水产品养殖开发公司。他的旗下，还有一个沙漠水产品养殖研究所，这在全世界绝无仅有。

是什么促使沃莱夫异想天开地相中了干旱的沙漠，而且还要在那里投资养鱼呢？

沃莱夫在到沙漠开发水产品养殖之前，就在他的家乡从事水产品养殖，限于条件，总是上不了规模。一次他到内盖夫沙漠游玩，不慎迷了路。他在沙漠里苦苦挣扎了三天，企图寻找到沙漠里的水，算他幸运，他的眼前还真的出现了一个沙漠湖泊，在那个干旱的地带，那里的水主要是冰川融化积蓄的。水倒是清澈见底，但又苦又涩。活命要紧，沃莱夫不顾一切地捧起水喝了下去。

就是这趟惊心动魄的死亡之旅，让他产生了幻想。沙漠深处竟深藏着一片未曾开垦的水域，既然有一片水域，就应该有更多的沙漠湖泊存在。这些湖泊，若是能用于养殖，那将是一笔巨大的财富。可是迄今为止，从没有谁首开在沙漠养殖的先河。

他怀着一线希

望，到希伯来大学水产学院请教在沙漠里养鱼的可行性，那里的教授说，"我们研究的一直是常规养殖，至于利用沙漠湖泊资源养鱼，对不起，我们还从未涉及过。"沃莱夫有些不死心，他专程到那个湖泊进行实地考察。经过化验，那里的水含盐量很高，苦涩不堪，这是不是沙漠里的水不长鱼虾的真正原因？可根据科学判断，沙漠里的水是适合鱼类生息的呀，否则，水同样苦涩的大海为什么成了鱼的家乡？一意孤行的沃莱夫带着鱼苗出发了，他将那些鱼苗放养在一个小的湖泊里。年底，他再到那里捕捞，哎，你还别说，那些鱼比他在自己的鱼塘里养的同样的鱼长得还大还肥。

　　沃莱夫非常高兴，于是，他向有关部门提出使用申请。那块不毛之地，自然没人在乎，沃莱夫得到了免费使用的许可。沃莱夫取得了意想不到的成功。他养的鱼，因为是出自远离尘嚣的沙漠，没有污染，是正宗的绿色产品，进入市场，供不应求。这真的让人觉得难以置信，就连联合国环境规划署也感到不可思议。现在，沃莱夫将他的水产品注册成沙漠商标，成了声名远播的品牌，这样，他的鱼在价格上就比同类鱼虾高出20%。在他的影响下，以色列人在沙漠里养鱼，蔚然成风。

成长课堂

　　没有人真正了解沙漠，似乎那里什么都不可能生长；但只要大胆想象，努力去实践，其实沙漠里也是可以养鱼的。大胆去想，一切不可能的事情皆有可能。

男子汉宣言

　　不要盲目否定一些事情，只要开动脑筋，很多事情都能做到！

沉浸在想象中

不到10岁时，他因为上课走神而被老师叫到教室前面，对着全班同学说了100遍："我是全班最没出息的学生。"

15岁时，他成为一名士兵，对大家说自己的理想是成为一名作家。

24岁时，他在一家杂志上发表了第一篇童话。有人问他："你看过《安徒生童话吗》？"他回答说没有，众人嗤之以鼻。

30岁时，他让一本杂志只刊登他的作品。当他开始想要这样做的时候，有人对他说："你是童话看多了。"

他，就是童话大王郑渊洁。

恢复高考之后，他身边的朋友们都去考大学。小学四年级的学历让他开始寻找不上大学也能够出人头地的方法。他认为写作可以带给自己想要的东西。在很大程度上影响他一生的是小学时代的两篇作文。小学二年级的时候，他在一篇题为"为人民服务"的作文中写道：自己的理想是成为一名掏粪工人——当时人们心目中的英雄是一名叫做时传祥的北京掏粪工人。这篇作文受到了老师的赞扬，并且被推荐到油印校刊上发表。这是郑渊洁第一次依靠写作取得的荣誉。另一篇作文则让他没能完成小学学业：他执意要把老师出的作文题目"早起的鸟儿有虫吃"——这句鼓励和赞美勤劳的古老谚语改成"早起的虫儿被鸟吃"。尽管在今天看来，后一句话表现出了更多的才华和独特的思维方式，但这在习惯服从的年代里并不招人喜欢。这两篇作文和它们的"非凡影响力"让他认为自己可能，不，是肯定有写作才华。

想象力丰富是他能够写这么多年童话的必要条件，但在他的生活中，想象力丰富并不只在童话中表现出来。1984年，他为十几家报刊杂志写连载童话。当他认为自己的作品让这些报刊发行量上升时，他要求这些报刊给他不同于其他作者的更多的稿费。这个要求很容易被拒绝，因为他难以拿出确切证据。在这种情况任何一位作者都有权利提出同样的要求。他为了证明自己的判断没有错，开始幻想自己只给一家杂志写东西，用这个事实来嘲讽那些拒绝他的人。这个疯狂的想法被很多人嘲笑，但他是认真的。

这个孩子气的举动一直延续了20年。今天，他仍很得意，因为很多年轻人对他说："你是我儿时的偶像。"如果说没有影响一代人的话，他至少影响了一代人的童年。

他总是跟人说自己有自闭症，并且是个幻想狂，所以能写童话。他说目前写作对他像机械运动，像吸毒上瘾。每天时辰一到，他就必须坐在电脑前，否则干什么都没心思。他还说自己懒得改变现状，一切事情皆看心情。除非发生突发事件——如中风——否则这个状态可能会一直延续下去。

一切沉浸在想象之中，这很好，他说。他也不在乎别人如何评价他的作品，也不在意这些作品可能存在的盈利空间，毕竟他已经"超额完成了自己的目标"。他甚至不在乎自己是否影响了别人，当然他也不想让别人来影响他。

他的生活本身就像一个没有结尾的童话。

成长课堂

一切都沉浸在想象中，无论是生活，还是工作，还是那些读他所写的故事长大的年轻人。他用自己的想象力为自己、为他人创造了一个神奇的童话世界。有了想象，我们才能生活在童话中。

男子汉宣言

我也可以运用想象，创造出属于自己的童话！

飞翔在童话的世界

1805年4月，一个婴儿出生在一张由棺材板拼成的床上。他大声啼哭着，仿佛抗议上帝将天使贬谪到人间。教士安慰惶恐的母亲说："小时候哭声越大，长大后歌声就越优美。"果然许多年后，这个天使用夜莺般的歌喉向全世界唱起歌儿了，即使是圣诞老人，也不会比他更有名气。他的名字，就是汉斯·克里斯蒂安·安徒生。

欧登塞是个封闭的小镇，人们坚信上帝和女巫，许多神秘的传说在空气中荡漾不绝。纺纱室的阿婆们有时会把《一千零一夜》中的离奇故事讲给来玩耍的小安徒生听，使这个原本喜欢空想的脑子更加充实丰富了。对他来说，他所听到的一切都带着鲜明的神奇色彩，仿佛真的一样出现在眼前。有时他会被树林中自己想象出来的精灵吓得飞奔回家，魂不附体。多年以后，这些古老的传说和童年的幻想，都成为他创作的源泉。

6岁的安徒生被送到年轻的卡尔斯倩斯那里读书，成为年纪最小的学生。时光过得飞快，在学校里安徒生十分快乐，然而时世的艰难使学校关闭了，他只好回到家里。父亲为他做的几只木偶给儿子带来极大的满足，他给小人们缝制了漂亮的衣裳，让木偶们在"舞台"上尽情发挥他的幻想。不久，一种更美好的东西闯入了他的生活——他读到了威廉·莎士比亚的作品，那神奇瑰丽的情节使他深深迷醉。很快，他就能整段背诵《李尔王》；他那些木偶，也都沉浸在威廉·莎士比亚激情的海洋中了。

历经了打工、学声乐和舞蹈的经历，安徒生深刻感受了这个更为广阔、充满悲欢离合的社会。他突然清楚地知道他所要追求的"神灯"是什么了——那就是"文学"。只要有百折不回的勇气和一颗真诚易感的心灵，就一定能够攀上文学的顶峰。

1822年，汉斯·安徒生被送进拉丁文学校深造，国家顾问古林先生为他申请了一笔皇家公费以支付用度。在学校里，安徒生没有忘记他的创作，他的诗作《傍晚》和《垂死的孩子》发表在作家海登堡的刊物上，大受好评。1829年，安徒生的喜剧《在尼古拉耶夫塔上的爱情》公演，听着观众的喝彩，年轻

的剧作家滚滚泪下——十几年前，正是在同一家戏院中，他曾受到尖刻的鄙薄和否定，而今天，他终于成功了，得到了公众的承认和欢呼。

1835年，安徒生的第一本童话集问世。从这一年起，每一个圣诞节都有一本新童话来到孩子们身边。他整整写了43年，直到生命结束共创作了168篇作品，那诗一般的语言、婉转曲折的情节，使他的童话在他生前就已成为世界上拥有读者最多的读物。"丑小鸭"、"坚定的锡兵"、"野天鹅"、"夜莺"……他赋予一切事物鲜活的灵魂，让它们歌唱。他把它们献给一切人——孩子们为那奇异动人的故事而神迷；成人则徘徊在他深深的人生哲思之间，流连不去。

成长课堂

我们是在安徒生童话的陪伴下长大的，《丑小鸭》《夜莺》《海的女儿》等让我们知道什么才是生活中的美好，这一切都是安徒生用自己的想象力创造出来的。只有植根于丰富的生活，作品才能有存活的土壤。热爱生活，仔细观察生活，只有这样我们才能有更丰富的想象力！

男子汉宣言

我要热爱生活，因为它是想象力存活的土壤！

男子汉
训练营

读了这么多精彩的故事，和故事中的主人公比起来，你觉得自己能成为具有丰富想象力的小·男子汉吗？不妨来训练营锻炼一下自己吧！

深山藏古寺

宋徽宗赵佶在政治上虽然昏庸，在绘画上却有较高造诣，是中国历史上一位杰出的画家。他在位期间，特别钟情绘画，不但亲自主管画院，还亲自授课，出考题，批卷招宫廷画师。赵佶所出考题别出心裁、情趣盎然，至今仍被人们称道。

政和年间，赵佶欲从画院学生中考试录用几名画师。赵佶出的考题是"深山藏古寺"，题目一出，众考生皆以为不难，纷纷动手作画，有的画崇山峻岭中露出一寺顶，有的在半山腰画一古寺，有的在深山密林中画出寺庙的一角。赵佶和几位考官共同阅卷，看到此类画卷都不甚满意，但他看到一幅画时禁不住龙颜大悦，当即决定录此考生为第一名。

你知道这第一名的考生画了什么吗？

答案在108页

《好的习惯成就好的人生》参考答案：

原来当福特敲门走进董事长办公室时，发现门口地上有一张纸，他很自然地弯腰把它捡了起来，看了看，原来是一张废纸，就顺手把它扔进了垃圾篓。董事长对这一切都看在眼里，因此直接录用了他。

第六章
学会关注细节，凝聚点滴智慧

以前的我

哎呀，又漏了个小数点。

我懊恼地拿着满是红×的试卷。

老师告诉我，做题时要仔细认真。

现在的我

我仔细认真地答题。

答完试卷后，我又认真地检查一遍。

◀ 以前的我

我积极准备，参加竞选班长。

地面上满是纸屑，我视而不见地离去。

◀ 现在的我

我捡起地上的纸屑，老师表扬了我。

竞选班长时，我得到的票数很高。

以前的我

妈妈不在家，我自己熬粥吃。

我粗心地把盐当成糖放到了粥里。

现在的我

我仔细观察盐和糖的形态，发现了它们的不同。

以后，我再也没有将糖和盐弄错。

◀ 以前的我

又要写作文了，我什么都想不起来……

我望着作文题目"美丽的校园"发呆。

因为不知道写什么，我的作文分数很低。

◀ 现在的我

我慢慢走在校园里，用心看着每一处。

我才发现原来校园里有这么多美丽的景色。

94

我的成长计划书

学会关注细节，凝聚点滴智慧

　　我一直觉得男孩子就应该大大咧咧的，这样也没有什么不好。可是，老师告诉我："细节决定成败。"我想了想果然如此，如果每次考试的时候，我认真仔细检查一下就不会丢那么多分数了，如果写作文的时候我仔细地检查一下就不会有那么多错别字……看来我要关注细节，才能收获更多，成为一名优秀的小男子汉。

1. 学习的时候，不放过一个小数点，一个笔画，一个字母。

2. 出门的时候，仔细检查自己的书包和应该带的东西。

3. 考试的时候，认真检查，从来不放过任何一道应该做对的题。

4. 每天都严格要求自己，注意自己的一言一行。

5. 在学校的时候老师交代的事情记在备忘录上，提醒自己不要忘记。

6. 平时注意观察生活中的一些小细节，从中吸取知识。

迪斯尼 精美的 动画世界

迪斯尼公司的创始人沃尔特·迪斯尼非常清楚那些看上去琐碎的细节在追求一个卓越目标的过程中具有非凡的意义。他凭借一双艺术家的眼睛，意识到对细节的注重是实现他梦想的关键。

迪斯尼公司为了使大众能在迪斯尼世界体验神奇的经历，在细节方面花费了无数心血，形成了独特的风格。对细节的格外关注是迪斯尼动画电影的一个特征。比如在电影《白雪公主和七个小矮人》中有一个情节，一滴水珠从肥皂上滴下来，观众可以看到闪闪发光的泡沫在烛光中闪烁，而不是像其他电影一样只能看到从肥皂上掉下来的水滴，这些闪烁的泡沫是这部动画电影中一个非同寻常的细节，给观众带来审美享受。虽然这是一个简单的细节，但要创造这样的电影艺术只有才华横溢的艺术家才能做到，为了追求这个小小细节的完美，迪斯尼不惜重金邀请专业人士来专门制作。

迪斯尼乐园也许更能体现沃尔特对细节的关注，任何一个角落都逃不过沃尔特追求完美的眼睛。为了充分证实所有的细节都完美，让他的顾客能够在迪斯尼乐园享受一次独特的、美好的旅程，这位老板几乎在乐园的各个角落都留下了自己追求完美的痕迹。他甚至规定迪斯尼乐园的垃圾箱要严格地按照每25英尺放一个来设置。他用高质量的油漆粉刷过山车，甚至有时会用真正的金粉和银粉来粉刷建筑物。这位娱乐业的巨头直觉意识到商品的包装、颜色、声音、味道都会对客人们产生冲击。

沃尔特在阐述迪斯尼的细节服务理念时谈到，一家生意兴旺的饭馆因为一个不协调的因素就可能走下坡路。尽管这家饭店的食品是一流的，服务是一流的，装饰也是一流的，但是如果它播放的音乐不合食客的口味，食客就可能对这顿饭感到不满意——小小的一个不协调的因素就可能将整个苦心经营的饭店的形象破坏掉，而迪斯尼不想冒这种风险。

"我们如何能做得更好？"这是迪斯尼历任领导者都要问的问题。沃尔特曾经说："每次我逛自己的一个景点，我都会想到，这东西出什么毛病了，并问我自己怎样能够进一步提高。"在迪斯尼还流传着这样一个故事：沃尔特有一天在迪斯尼丛林旅游了一个景点，过后很生气，因为这个景点的广告上说这趟旅行大约要花7分钟，他计算了一下时间，发现只要4分钟。这样，很容易让客人感到自己被欺骗了。这违反迪斯尼的文化价值观，也没达到沃尔特的质量要求，他命令这趟旅行立即加长时间。他解释说，细节上粗心大意是不可容忍的，这样的态度会使客人们怀疑迪斯尼的信誉，怀疑他全心全意的服务宗旨和个人信条。

当人们感叹迪斯尼取得的成功时，千万不要忽视了它对细节的重视。

成长课堂

关注每个细节，才能成就迪斯尼的传奇。我们也要追求这种境界，争取让自己的每件事情都做到最好，即使那是一件很小的事情。

男子汉宣言

我要关注细节，做好学习和生活中的每一件小事！

十二次微笑

在入住酒店前，一位旅客让服务生给他倒一杯水吃药。服务生很有礼貌地回答说："先生，请稍等片刻，等您进入房间后，我会立刻把水给您送过来，好吗？"

15分钟后，服务生正躺在床上休息。突然，客房服务铃急促地响了起来，服务生猛然意识到：糟了，由于太忙，他忘记给那位旅客倒水了！当服务生来到客房，看见按响服务铃的果然是刚才那位旅客。他小心翼翼地把水送到那位旅客房间，面带微笑地说："先生，实在对不起，由于我的疏忽，延误了您吃药的时间，我感到非常抱歉。"这位旅客抬起左手，指着手表说道："怎么回事，有你这样服务的吗？"服务生手里端着水，心里感到很委屈，但是，无论他怎么解释，这位挑剔的旅客都不肯原谅他的疏忽。

接下来的时间内，为了补偿自己的过失，每次去房间给旅客服务时，服务生都会特意走到那位旅客面前，面带微笑地询问他是否需要水，或者别的什么帮助。然而，那位旅客余怒未消，摆出一副不合作的样子，并不理会他。

要离开酒店前，那位旅客要求服务生把留言本给他送过去，很显然，他要投诉这名服务生。此时服务生心里虽然很委屈，但是仍然不失职业道德，显得非常有礼貌，而且面带微笑地说道："先生，请允许我再次向您表示真诚的歉意，无论你提出什么意见，我都将欣然接受！"那位旅客嘴巴一紧，准备说什么，可是却没有开口，他接过留言本，开始在本子上写了起来。

等到这位旅

男孩卡片

凯迪拉克

凯迪拉克1902年诞生于被誉为美国汽车之城的底特律，凯迪拉克的历史代表了美国豪华车的历史。凯迪拉克徽标中著名的花冠盾形取自安东尼(德)凯迪拉克的族徽，是典型的贵族标志，既表现了底特律城创始人的勇气和荣誉，同时也象征着其在汽车行业中的领导地位。选用"凯迪拉克"之名是为了向法国的皇家贵族、探险家、美国底特律城的创始人安东尼·门斯·凯迪拉克表示敬意。

客离开后，服务生本以为这下完了，没想到，等他打开留言本，却惊奇地发现，那位旅客在本子上写下的并不是投诉信，相反，这是一封热情洋溢的表扬信。

是什么使得这位挑剔的旅客最终放弃了投诉呢？在表扬信中，服务生读到这样一句话："在整个过程中，你表现出的真诚的歉意，特别是你的十二次微笑，深深打动了我，使我最终决定将投诉信写成表扬信！你的服务质量很高，下次如果有机会，我还会入住你们的酒店，我期待你们的真诚服务！"

 成长课堂

　　细节就是你自己看不到的时候，还有人会看到的东西。一次微笑容易，难的是永远保持。所谓"赢在细节"就是这个道理。微小的细节体现出来的是一个人的高贵品质。

男子汉宣言

在平常生活中，我要时刻注意自己的一言一行！

小纽扣 击败 拿破仑

拿破仑是一位传奇人物，在世界各地都拥有一大批崇拜者。"这世界上没有比他更伟大的人了。"英国前首相丘吉尔曾经这样评价拿破仑。这位军事天才一生之中都在征战，曾多次创造以少胜多的著名战例。然而，1812年的一场失败却改变了他的命运，自此他苦心经营的法兰西大帝国分崩离析，最后他自己也在圣赫勒拿岛的流放生活中抑郁而亡。

据美国探索频道报道，加拿大卡普兰诺学院科学艺术系系主任、著名化学家潘尼·莱克托在其新著《拿破仑的纽扣：改变世界历史的17个分子》中披露，变成粉末的纽扣很可能在拿破仑那场惨败中发挥着重要作用。

1812年5月9日，在欧洲大陆上取得了一系列辉煌胜利的拿破仑离开巴黎，率领浩浩荡荡的60万大军远征俄罗斯。法军凭借先进的战法、猛烈的炮火长驱直入，在短短的几个月内直捣莫斯科城。然而，当法国人入城之后，市中心燃起了熊熊大火，莫斯科城的3/4被烧毁，6000多幢房屋化为灰烬。

俄国沙皇亚历山大采取了坚壁清野的措施，使远离本土的法军陷入粮荒之中，即使在莫斯科，也找不到干草和燕麦，大批军马死亡，许多大炮因无马匹驮运不得不毁弃。几周后，寒冷的空气给拿破仑大军带来了致命的打击。在饥寒交迫下，1812年冬天，拿破仑大军被迫从莫斯科撤退，沿途大批士兵被活活冻死，到12月初，60万拿破仑大军只剩下了不到1万人。

据披露，拿破仑征俄大军的制服上，采用的都是锡制纽扣，而在寒冷的气候中，锡制纽扣很快会成为粉末。由于衣服上没有了纽扣，数十万拿破仑大军在寒风暴雪中形同敞胸露怀，因此许多人被活活冻死，还有一些人得病而死。潘尼在新书中援引

莲花

英国的莲花汽车公司的创始人科林·查普曼本是一个汽车经销商，他从1952年开始为别人改装赛车并且承担赛车车身的设计和生产，他的设计得到了赛车手的欢迎，于是在1955年查普曼正式在伦敦成立了莲花汽车公司，开始生产跑车和赛车。1957年首辆莲花跑车面世，1958年莲花公司组队参加F－1汽车大赛，从1963年到1978年七次夺得F－1车队年度大赛总冠军，这期间莲花跑车名声大振，成为闻名遐迩的名牌车。

了一些同时代俄国人的目击记录，譬如一名来自波里索夫的俄国人描述拿破仑军队撤退时说道："那些男人就如同是一群魔鬼，他们裹着女人的斗篷、奇怪的地毯碎片或者烧满小洞的大衣。"潘尼道："毫无疑问，1812冬天的寒冷是造成拿破仑征俄大军崩溃的主要因素，而锡在低温度下可变的特性，正是拿破仑士兵被迫披上这些古怪衣服的真正原因。"

成长课堂

一个小小的纽扣，改变了一场战争，也改变了整个世界的历史轨迹。我们在平时的生活中，更要关注每个细节，这样才能保证获得成功。

男子汉宣言

做事情时，我要关注每个细节，千万不能因小失大！

两块钱的力量

在一次招聘会上，北京某外企人事经理说，他们本想招一个有丰富工作经验的会计人员，结果却破例招了一位刚毕业的大学生，让他们改变主意的起因只是一个小小的细节：这个学生当场拿出了两块钱。

人事经理说，当时，大学生因为没有工作经验，在面试一关即遭到了拒绝，但他并没有气馁，一再坚持。他对主考官说："请再给我一次机会，让我参加完笔试。"主考官拗不过他，就答应了他的请求。结果，他通过了笔试，由人事经理亲自复试。

人事经理对他颇有好感，因他的笔试成绩最好，不过，他的话让经理有些失望。他说自己没工作过，唯一的经验是在学校掌管过学生会财务。找一个没有工作经验的人做财务会计不是他们的预期，经理说："今天就到这里，如有消息我会打电话通知你。"那个大学生从座位上站起来，向经理点点头，从口袋里掏出两块钱双手递给经理："不管是否录取，请都给我打个电话。"

经理从未见过这种情况，问："你怎么知道我不给没有录用的人打电话？""您刚才说有消息就打，那言下之意就是没录取就不打了。"

经理对这个大学生产生了浓厚的兴趣，问："如果你没被录取，我打电话，你想知道些什么呢？""请告诉我，在什么地方我不能达到你们的要求，在哪方面不够好，我好改进。""那两块钱……"那个大学生微笑道："给没有被录用的人打电话不属于公司的正常开支，所以由我付电话费，请您一定打。"经理也笑了，"请你把两块钱收回，我不会打电话

曲棍球

曲棍球又称草地曲棍球，是奥运会项目中历史最为悠久辉的项目之一。曲棍球的出现要比最初的奥林匹克运动会早1200年或者更多。现代曲棍球运动却是起源于19世纪初的英国，并于1908年伦敦奥运会首次成为正式比赛项目，1928年成为固定比赛项目，1980年增加了女子曲棍球项目。从20年代开始之后的30年间，印度几乎垄断了所有曲棍球项目的世界冠军，夺得了从1928年到1956年共6届奥运会的金牌。

了，我现在就通知你：你被录用了。"

　　记者问："仅凭两块钱就招了一个没有经验的人，是不是太感情用事了？"经理说："不是。这些面试细节反映了他作为财务人员具有良好的素质和人品，人品和素质有时比资历和经验更为重要。第一，他一开始便被拒绝，但是一再争取，说明他有坚毅的品格。财务是十分繁杂的工作，没有足够的耐心和毅力

是不可能做好的；第二，他能坦言自己没有工作经验，显示了一种诚信，这对搞财务工作尤为重要；第三，即使不被录取，也希望能得到别人的评价，说明他有直面不足的勇气和敢于承担责任的上进心。员工不可能把每项工作都做得很完美，我们接受失误，却不能接受员工自满不前；第四，他自掏电话费，反映出公私分明的良好品德，这更是做财务工作不可或缺的。"

 成长课堂

　　细节能悄悄地改变别人对我们的看法，能改变我们的命运。两块钱让这个大学生得到了这份财务工作，这不是简单的两块钱，是注重细节的品质让他得到了工作。

　　细节如此重要，我要不断提醒自己，关注细节！

见微知著

一个阿拉伯商人在荒漠中寻找一头走失了的骆驼。他看到前面有一个人正坐在沙丘旁休息。于是他走到那人旁边问："请问你是否见到了一头走失的骆驼？"

那人没有回答，而是反问他："你的骆驼是不是有一条腿瘸了，而且还瞎了一只眼睛，背上驮着的东西好像是谷子？"

阿拉伯商人高兴极了，说："你见过我的骆驼！你能告诉我它往哪个方向走了吗？"

没想到正当他脸上的笑容刚刚展开的时候，那人的回答就令他高兴不起来了。那人说道："我根本就没有见到你的骆驼，我上面说的那些特征都是我自己猜测出来的。"

"哪里能猜得那么准，是不是这个人偷走了我的骆驼？要不然他怎么会知道得这么清楚呢？"阿拉伯商人心里这样想着，嘴里也没闲着："你既然知道得这么清楚，那就证明你肯定见过那头骆驼，请你赶快告诉我骆驼在哪里。"那人依然说自己没有见过，然后又说："虽然我没有见过那头骆驼，不过我应该可以推测出它是往哪个方向走的，根据我的推测，你很有可能找到那头骆驼。"

阿拉伯商人心里感到怀疑，于是他就不客气地对那人说："一定是你偷了我的骆驼！"而那人则始终不承认是自己偷了骆驼。就这样说着说着，阿拉伯商人被激怒了，他坚持要拉着那人去见法官。

幸好在有人家的地方不远处就有一个法官，阿拉伯商人要求法官判那人有罪。法官最初也站在阿拉伯商人一边——他也认为那人如果没有见到骆驼的话就不会对那只骆驼了解得如此详细。可是当那人带着法官和阿拉伯商人来到荒漠中的一个地方时，经过那人的一番讲解，阿拉伯商人和法官都表示冤枉了那个人。

原来，那人带他们去的地方正是他发现骆驼足迹的地方。那人是这样解释他的推测过程的："那头骆驼的脚印三只一样深，而只有一只脚印明显比较浅，足以表明那头骆驼很可能有一条腿瘸；而且那个地方的路两边都有一些细嫩的小草，而只有一边的被啃光了，而另一边却丝毫未动，可以表明这只骆驼那侧的眼睛一定看不到东西；至于骆驼背上驮的东西，从道路两边洒下的细碎

谷子就可以看出来。"那人接着对阿拉伯商人说，"通过观察不难看出骆驼的前脚一直朝西，而且它一直是一边吃一边走，由此可推测那头骆驼很可能还会朝西一直走下去，而且走得不会太远，你顺着这条路往下走，应该会找到你的骆驼。"

果然，沿着那人指引的方向追了一段时间，阿拉伯商人找到了自己的骆驼。

成长课堂

聪明人见一叶可以知秋，愚钝者往往是因一叶而障目，其中的根本区别就在于人们对细节的观察是否敏锐、是否具有从微小事物中把握大局的统御能力。小问题可能会带来大祸患，小变化可能引起大事件，千万不要忽略身边小事。

男子汉宣言

我要培养自己的能力，学会把握小事！

一颗纽扣酿成的恶果

很多人在忙忙碌碌中度日，都很容易犯忽略细节的错误。我们总觉得人生何其漫长、追求的事业何其伟大，顾及不到一些细节实在是情有可原。可是我们却没有意识到，任何伟大事业的成功都是由无数个不起眼儿的细节积累而成的。不注重细节的观念使得我们无数次与成功失之交臂。

20世纪50年代初，一个以科学技术发达而著称的国家决定组织一次规模宏大的军事演习，这次军事演习将由该国的陆、海、空三军联合举行。

这次军事演习几乎邀请了世界各国的重要领导人。整齐的队列、严肃的军容以及先进的高尖端武器，博得了所有在场人士的一致赞赏。正当观看演习的人们意犹未尽的时候，随着仪仗队的退场，一架被称为是当时世界上最先进的战斗机被运到了演习现场。驾驶这架战斗机的飞行员经过多次选拔，由一名被认为是该国驾驶技术最好的飞行员担任。

这是这一战斗机的首次军事演习，为了确保万无一失，在演习之前，相关的主管部门已经对这架飞机进行了全面检查，而且地勤人员也对飞机实施了多次全方位的检测。

随着指挥员一声令下，飞行员精神抖擞地启动了飞机。期待着看到飞机直冲云霄的人们紧紧地将视线锁定在飞机上，但是他们并没有看到飞机升入高空的飒爽英姿，而是看到飞机刚离开地面就发生剧烈震动，然后就一头栽到跑道上。随着一声巨响，映入人们眼帘的是滚滚的浓烟还有支离破碎的飞机残骸。

原本应该是一场完美的军事演

习就此结束。总统亲自派人调查引起这次事故的真正原因。调查小组对飞机的各项技术指标以及飞行员本人的情况进行了全面而深入的调查。飞机制造技术的先进是毋庸置疑的，而飞行员本人的驾驶经验和技术，以及各项素质要求也全都符合标准。

《论语》

古有"半部论语治天下"之说，《论语》是孔子及其弟子的言行辑录，被称为中国人的《圣经》。这一本被中国人读了几千年的教科书，包含了中国古代的政治思想与治国之道，是我们了解中国古代社会的一把钥匙。该书以语录体的形式，汇聚了孔子关于政治、文化、历史、人生、哲学、宗教等问题的观点，对中国人的心理素质及道德行为起到过重大影响，它的思想内容早已融入了我们民族的血液，沉潜在我们的生命中，熔铸成我们民族的个性。

到底是什么原因引起如此严重的事故呢？随着调查工作的不断展开，迷雾被一层层拨开，但是最终的结果却令人难以置信——造成这次飞机失事的原因就是飞行员衣服上的一颗纽扣。原来在飞机起飞的一刹那，飞行员衣服上的一颗纽扣掉到了仪器当中，仪器不能正常运行，影响了其他部件的运转，最后导致了机毁人亡的恶果。

成长课堂

千里之行，始于足下。伟大事业的成功源于每一个细节的完美。同样，任何一次重大灾难也源于一些不起眼的细节上的失误。任何一次看似偶然的变故，其实很久以前就可能已经由某些不为人注意的细节决定了，所以我们不应该忽略任何细微的事物。

男子汉宣言

注意生活中的细节，再也不要当马大哈！

读了这么多精彩的故事，和故事中的主人公比起来，你觉得自己能成为一个讲究细节的小·男子汉吗？不妨来训练营锻炼一下自己吧！

好的习惯成就好的人生

美国福特公司名扬天下，不仅使美国汽车产业在世界上独占鳌头，而且改变了整个美国的国民经济状况。公司创始人福特刚从大学毕业，到一家汽车公司应聘，一同应聘的几个人学历都比他高，福特感到没有希望了。但是，当福特刚说了一句话："我是来应聘的福特。"董事长就说："很好，很好，福特先生，你已经被我们录用了。"从此以后，福特开始了他的辉煌之路，直到让福特汽车闻名全世界。

你知道，为什么福特会有如此的"奇遇"吗？

答案在90页

《深山藏古寺》答案：

原来这幅画构思奇特，画面上山林深幽，林间有一条曲折蜿蜒的羊肠小道通到山脚小溪边，两个小和尚抬着一桶水正拾级而上。这幅画看似简单，寺庙痕迹一点儿未画，但其高明之处是抓住考题的"藏"字，把"藏"表现得淋漓尽致，因为既然有两个小和尚抬水，肯定是抬到寺庙里饮用，那么古寺一定是藏在深山之中啦。

第七章

善于借助外力，获得成功之梯

◀ 以前的我

班级里正在大扫除。

我一个人吃力地搬着书桌。

◀ 现在的我

我请求同学帮我搬书桌。

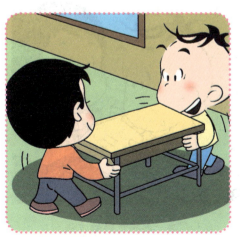

我和小伙伴轻松地搬着书桌。

◀ 以前的我

这道奥数题我一定要自己想出来，不管用多长时间！

我正在书桌前冥思苦想。

已经12点了，我还是没有想出来。

◀ 现在的我

我和同桌一起探讨解题方法。

我们一起将难题解开了。

以前的我

班里要组织圣诞晚会了。

我满头大汗地布置晚会现场。

 **现在的我**

我给同学们分别布置任务。

会场布置得很漂亮，我们一起过圣诞节。

以前的我

我总是独来独往，将心事埋在心底。

遇到了伤心的事情，我该怎么办？

我一个人在角落里哭泣。

现在的我

我向好朋友诉说心事。

在好朋友的安慰下，我解开了心结。

我的成长计划书

善于借助外力，获得成功之梯

　　身为一个男孩子，我总以为我自己可以解决任何问题，向别人求助是懦弱的表现。但是，其实我们自己的力量是弱小的，很多的时候我们必须借助别人的力量，才能取得成功。从今天起，我要懂得在适当的时候寻求别人的帮助，从而获得成功，这样才会成为一个优秀的小男子汉。

1. 遇到不会做的题，思考不出来的时候就寻求老师和同学的帮助。

2. 碰到生活中的难题，解决不了的就找爸爸妈妈帮助。

3. 在学校时，要学会和同学合作完成任务。

4. 如果有烦恼，可以找合适的机会向朋友倾诉。

5. 当别人碰到了问题，我会全力以赴帮助他。

 策划的 艺术

　　著名杂技演员史密斯培养了大量顶尖杂耍人才。他的杂技项目繁多，如多人重叠、走钢丝、抛飞刀，其中特别著名的要数空中飞人。他每年都会接到大量邀请函，带着杂技满世界飞来飞去，为人们表演。

　　这样的声名鼎盛，引起了总统的兴趣。总统决定要看一场史密斯的表演。这个消息一经宣传，顿时引起了强烈反响。因为总统反复强调，这次一定要史密斯亲自表演。的确，以前的杂耍都是由史密斯的弟子们表演的，几乎谁也没有看见史密斯亲自演出过。弟子们的表演都那么精妙绝伦，师傅的技艺岂不是无法形容？谁也不想错过这千载难逢的机会，于是，表演大厅的售票处一开放，门票就被一抢而空。

　　期待已久的演出即将开始，所有人，包括总统都正襟危坐面带微笑地等待着开幕。有人还将两手摆成了鼓掌的姿势，只等好戏一开始便用力地鼓掌，为史密斯先生叫好助威。当史密斯先生终于出现在舞台上时，却十分抱歉地对大家说：

"我根本就不会表演，如果想看精彩的表演，还不如让我的弟子们出场。"这时，很多人都觉得十分扫兴，如果不是因为史密斯过分谦虚，便是他太瞧不起人了，被瞧不起的人中还包括了尊敬的总统先生。

　　果然，总统先生不同意，他坚持要看史密斯亲自演出。史密斯无奈，只得硬着头皮给大家表演。一个节目还没表演完，全场便爆发了多次如雷的掌声。人们笑得直不起腰，甚至笑出了眼泪，有的拍红了巴掌还不愿停下来。

　　原来，史密斯的演技差到让人难以想象。他甚至连一个普通的踩单车的节目都不会，短短几分钟时间，他便在台上摔了十几个跟头，那架单车都摔得散了架。表演抛碗时，他才抛了几下，一只碗便"啪"的一声摔得粉碎。欢呼声再次响起，在激烈的笑闹声中，史密斯一连摔掉了十几只碗，才尴尬地从台上退了下去。

史密斯总共在台上演了五个节目，一个节目比一个节目的水平差，令观者大跌眼镜，可是观众的掌声和欢呼声一浪高过一浪。就连一向不苟言笑的总统先生也哈哈大笑了半个晚上。

此时，主持人上台郑重宣布，刚才为大家表演的，是与史密斯先生外貌相像的胞弟，他本是一位喜剧演员，今天受哥哥之邀特来博大家一笑。现在由真正的史密斯先生为大家表演。全场再次爆发出如潮的掌声。

显然，史密斯先生的演技是不错的，无论哪一样都很出色。特别难得的是，快50岁的人了，还敢为大家表演走钢丝。当史密斯表演完毕，大家长吁了一口气，掌声长久不息！

史密斯心里清楚，这台演出主要成功在自己的策划上。如果不是担当喜剧演员的弟弟首先出场，既愉悦了观众，又降低了他们的心理期望值，他的演出又怎能取得如此轰动的效果呢！

人总是站在各种各样的舞台上，当你身处劣势时，除了努力和奋斗，还要懂得策划的艺术，化解尴尬，给他人惊喜，从而成就自己的精彩。

成长课堂

史密斯借助不会表演的弟弟的力量，降低了观众们的期望值，为自己的演出作好了铺垫。当我们身处困境时，不妨也试试这样的方法，从而更好地走出困境。

男子汉宣言

我要多观察，多思考，做生活的有心人！

用比自己更优秀的人

约翰·亚当斯是美国历史上的第二位总统，为美国的独立立下过汗马功劳。

亚当斯在接替华盛顿就任总统时，美国正面临着与法国关系破裂的危险。到了1797年底，两国处于剑拔弩张、一触即发的交战前夕。

常识告诉亚当斯，要打胜仗，必须要有得力的统帅指挥。有很多人劝他亲自统帅军队，但他认为自己并不具有军事上的特别才能。思来想去，他认为华盛顿才是唯一能够唤起美国军魂、团结全美人民的统帅。最后，他下定决心请华盛顿出山。

亚当斯的亲信们得知后，一致表示反对。他们认为，如果华盛顿复出，会再次唤起人民对他的崇敬和留恋，这样势必对亚当斯的威望和地位造成威胁。

千军容易得，一帅最难求。亚当斯毫不动摇，他认为国家的利益和命运高于一切。他授权汉尼尔顿立即给华盛顿写了一封信，请求华盛顿再次担当大陆军总司令。

与此同时，他又亲自给华盛顿写了封信。在信中他诚恳地写道："当我想到万不得已而要组织一支军队时，我就把握不准到底是该起用老一辈将领，还是起用一批新人，为此我不得不随时向你求教。如果你允许，我们必须借用你的大名去动员民众，因为你的名字要胜过一支军队。"

华盛顿接到信后很受感动，表示愿意立刻肩负重任。幸运的是，就在华盛顿准备率军出征的前夕，亚当斯终于通过外交斡旋的途径同法国达成了和解。

这件事被美国人民传为佳话，亚当斯的正直与豁达也被广为传诵。后来，有位著名的记者采访他，问道："您为什么不怕华盛顿复出会再次唤起人民对他的崇敬和留恋，进而威胁您的威望和地位？为什么敢于起用比自己更优秀的人？"

亚当斯开始没有直接回答，而是先给这位著名记者讲了自己少年时的一件往事。

"年少的时候，父亲要我学拉丁文。那玩意儿真无聊，我恨得牙痒痒。因此，我对父亲说，我不喜欢拉丁文，能不能换个事情做？"

"好啊！约翰，"父亲说，"你去挖水沟好啦，牧场需要一条灌溉渠道。"

于是，亚当斯真的到牧场去挖水沟。可是，拿惯笔的人，拿不惯锹。那天晚上，他就后悔了，整个身子疲惫不堪。只是他的傲气不减，不愿意认错。于是，他咬紧牙关又挖了一天。傍晚时，他只好承认："疲惫压倒了我的傲气。"他终于回到了学拉丁文的课堂上。

在以后的岁月里，亚当斯一直记着从挖水沟这件事中得到的教训：必须承认人有所长，也有所短；人有所能，也有所不能。认为自己样样都行，实际上恰恰是自己自不量力。

亚当斯深有体会地说："真正出色的领导者，绝非事必躬亲，而是知人善任，特别是敢于起用比自己更优秀的人才。如果高层领导者事无巨细，一律包揽，那只能成为费力不讨好的勤杂工式的领导者。"

正是因为亚当斯善于借助他人的力量，才能凭借众多的优秀人才，特别是凭借那些比自己更优秀的人才，一步一步地登上了成功的巅峰。

成长课堂

敢于起用比自己更优秀的人才，善于借助他人的力量，这是一位领导者应该有的智慧。每个人都不可能凭借自己的力量完成所有的事情，因此适当地借助外力，会更容易达到目标。

借助外力，更好地摆脱困境，获得成功！

洛维格的 **"空手道"**

我们知道有个船王欧纳西斯，但他同洛维格相比，只能是小巫见大巫。洛维格拥有当时世界上吨位最大的六艘油轮；另外，他还兼营旅游、房地产和自然资源开发等行业。

洛维格第一次做的生意，只是一艘破船生意。他把一艘别人搁置很久、最后沉入海底的长约26英尺的柴油机动船打捞出来，然后用了4个月的时间将它维修好，并将船承包给别人，自己从中获利500美元。

青年时期的洛维格在找工作时到处碰壁，搞得债务缠身，经常有破产的危机。但他始终没有跳出平常的思维，只能维持现状。就在洛维格快三十岁时，忽然间，一个灵感激发了他的创业和致富的智能。

他先后找了几家纽约银行，希望他们能贷款给他买一艘标准规格的旧货轮，他准备动手把它改造成性能较强的油轮，但是却遭到了拒绝，理由是他没有可以用来作为担保的东西。于是洛维格有了一个超越常理的想法。

他有一艘只能用来航行的老油轮，他将这条油轮以低廉的价格租给一家石油公司。然后他去找银行经理，告诉他们他有一条被石油公司租的油轮，租金可每月由石油公司直接拨入银行来抵付贷款的本息。

经过几番交涉，纽约大通银行终于答应了他的要求。

这就是洛维格超乎常人的思维。尽管他并无担保物，但是石油公司却有着很好的效益，其潜力很大，除非天灾人祸，石油公司的租金一定会按时入账。而且洛维格的计算非常周密，石油公司的租金刚好可以抵偿他银行贷款的本息。他的这种巧妙的

《老人与海》

1952年，海明威发表了他最优秀的作品《老人与海》。这是世界文学宝库中的珍品之一，也是海明威全部作品中的瑰宝。该书出版仅48小时就销量惊人，当年获得了普利策文学奖。1954年，海明威又获得了诺贝尔文学奖。小说以写实手法展现了捕鱼老人桑提亚哥在重压下仍保持的优雅风度，这种精神上永远不可战胜者成为文学史上最著名的"硬汉"形象之一。对于《老人与海》这本被译成几十种文字的作品，海明威自己认为"是这一辈子所能写的最好的一部作品"。

"空手道"做法看似荒诞，但实际上正是他成功的开端。

他拿到贷款就去买下他想买的货轮，然后自己动手将货轮加以改装，使之成为一条航运能力较强的油轮。他利用新油轮，采取同样的方式，把油轮租出去，然后以租金抵押，再贷到一笔款，然后归他所有。

洛维格的成功，最关键的地方，就在于找到了一种巧借别人的势来壮大自己的妙策。一方面，他将船租给石油公司，这样他就有了与这家石油公司业务往来的背景。银行得知有这样一家石油公司来替他担保，况且每月租金可以直接抵付利息，银行当然乐意将钱贷给他了。

另一方面，他用从银行贷来的钱再去买更好的货轮，然后再租给石油公司，然后又贷款。从这一点上讲，他又巧妙地利用贷来的钱壮大了自己的势，如此下去，借的钱越多，租出去的船也就越多，而租出去的船越多，其势就越壮大，而势越壮大，就可以获得更多的钱。就这样，钱就像滚雪球一样地涌入他的口袋，他当然就发大财了。

成长课堂

借别人的力量来壮大自己，这就是一种聪明的求助。不要因为自己出身卑微贫困，就怨天尤人，判自己死刑；同样是人，洛维格可以借助他人的力量，发展事业，成为世界上的巨富，我们一定也可以。

男子汉宣言

没有本钱，没关系，只要懂得借力使力，一样可以实现目标。

安德烈 北极 探险

　　萨洛蒙·奥古斯特·安德烈是19世纪末期瑞典著名的探险家。当时的他为了得到北极圈内有关的科学数据，填补地图上的空白，组织了一次北极探险。1895年，经过周密的计算和安排，安德烈在瑞典科学院正式提出了到北极探险的计划。但是，并不是所有人都对他的计划感兴趣，新闻界也是用一种漫不经心的态度加以报道的，这反映了当时社会上相当一部分人对此项计划的态度。随之而来的便是经费问题，由于人们对此不信任和不关心，因此也就很少有人提供经费。没有钱，一切都无从说起。

　　安德烈整天奔波，挨家挨户去找那些大富豪和大企业家，但是几乎每次都是无功而返。有谁愿意投资于一项与自己毫无关系的事业呢？又有谁愿意投资于一项也许没有任何成功机会的冒险事业呢？

　　但安德烈并不灰心，经过努力，总算有一位好心而开明的大企业家表示愿意承担全部费用，同时他还向安德烈提了一个很重要的建议：希望这项冒险计划得到人们的关注，如果就这样悄无声息地去了，是不是削弱了这次探险的意义呢？安德烈听完觉得很有道理，于是两人经过商量，决定让安德烈继续去募捐、扩大影响。但是，人们的反应仍然很冷淡。安德烈情急生智，想出了一个大胆的办法：就是把自己的探险计划写成一篇极其详细严谨的论文，用大量证据论证了这项计划的可行性及其意义，然后，他请那位开明的企业家想方设法把这篇文章呈献给国王。

　　经过不少周折，国王终于见到了这篇文章。他对这个大胆的计划感到很新奇，于是召见了安

德烈，并询问了有关探险的一些具体情况，两个人谈得很投机，最后安德烈要求国王象征性地提供一些小小的赞助，国王慨然应允。这个消息很快就传开了，新

皮划艇

现代的独木舟运动——皮划艇是1865年开始的，苏格兰人麦克格雷戈以独木舟为原型，仿制了一条名为"诺布·诺依"号的小船，从而积极推广了皮划艇运动。1867年他所创建的英国皇家皮划艇俱乐部举办了第一次皮划艇比赛。此后，皮划艇运动逐渐兴起，到19世纪末，皮划艇运动已成为欧美各国广泛开展的一项体育活动。但是，它比我国的"龙舟竞渡"晚了将近2000年。

闻界对国王关注此事予以了报道。既然国王都对这件事感兴趣，那么许多名流、富豪也都跟着对探险一事纷纷予以关心，捐赠了大笔费用。许多普通民众也因此开始对这项计划感兴趣了，大家都明白了探险的意义。有了国王的帮助，安德烈的事业终于不再是他一个人的事业，而变成了一项公众的事业。

安德烈终于成功了。

安德烈不断借助他人的力量，实现了自己的梦想。遇到自己不能解决的问题，在学校我们可以求助于老师、同学，在家里可以求助于爸爸妈妈，总之要想尽一切办法寻找能帮助自己的人。

我们要学会积极地求助，增加自己获得成功的机会。

毕加索成名的秘密

开创印象派画风的伟大艺术家毕加索，时至今日仍然为人们所推崇，他所作的画是世界各地人们趋之若鹜的珍藏品。毕加索的一生辉煌之至，他是有史以来第一个活着亲眼看到自己的作品被收藏进卢浮宫的画家。在1999年12月法国一家报纸进行的一次民意调查中，他以40%的高票位居20世纪最伟大的十位画家之首。

可是谁又能想到，这样一位风光无限的大画家，也曾经有过不堪回首的岁月。

毕加索初到巴黎，谁都不认识他。在巴黎夹着一块画布为生的年轻人实在太多了，而画店的老板却大多数只是附庸风雅，在大堂中摆放当时的名家名作。尚未成名的毕加索四处碰壁，贫困潦倒。

他身边只剩下了15个银币。如果再不能卖出自己的画，那他只能离开巴黎回到老家。在巴黎最后的日子里，毕加索孤注一掷，做出了他人生之中最具有转折意义的一次策划。

在这之后的一个月中，整个巴黎的画廊老板都快发疯了。每天至少会有一两个人来画廊转悠，左看右看，却什么都不买。可是临走之前，他们都这样问道："请问，这里有毕加索的画吗？"

"请问，这里有毕加索的画吗？"无数次的询问，使得毕加索的名字犹如明星般在画商的圈子里炸开了。"谁是毕加索？有谁看过他的画？"人们按捺着激动的心情，四处打听着。直到一个月之后，毕加索带着他那些许久无法卖出的画出现了。

他的出现好比是一场旱灾之后的及时雨。画商们很快将他的画全买了——于是，这个被巴黎主流画界一直拒绝于门外的艺术

马球

马球，史称"击鞠"、"击球"等，是一种骑在马背上用长柄球槌拍击木球的运动，是蒙古族民间马上游戏和运动项目，流行于内蒙古等地。相传唐初由波斯（今伊朗）传入，称为"波罗球"，相沿至今。球大小如拳，以草原、旷野为场地。游戏者乘马分两队，手持球槌，共击一球，以打入对方球门为胜。有人认为中国古代的击鞠就属于马球运动。

家一举成名。

原来，毕加索用那15个银币雇佣了几个大学生，成功地将自己的身份进行了掉转，从而使人们更早地欣赏到了他那天才般的艺术才能。

然而，另外一位伟大的画家凡高，却苦苦地等待主流画界的接纳，而不得不在饥寒交迫的岁月中向自己开了枪。他的作品，一直到他死后才开始慢慢地大放异彩。

你能说凡高的作品不及毕加索的作品吗？如今，热爱艺术的人们对这两位大师都投以崇敬的目光。可是，我们不能不说，毕加索的人生策划，真正地改变了他一生的命运。

成长课堂

出现了问题，靠自己的力量不能及时解决，这时候就需要借助别人的帮助，本文中的毕加索巧妙借助了几个"顾客"，使得他的作品被人很容易地接受，也使得他的名气大增。

男子汉宣言

遇到问题的时候及时寻求帮助！

小男孩儿 和 大英雄

在德军占领的芬兰北部地区出现了一个神秘的抵抗组织，它是由英国飞行员约翰尼领导的，这个抵抗组织多次卓有成效地打击了被占领区的德军，约翰尼成了名噪一时的英雄人物。

后来，芬兰解放了，盟军开始寻找这个神秘的英雄人物。后来他们了解到约翰尼于解放前夕就病故了。英国皇家空军在自己的飞行员名单中也没有发现约翰尼其人。但是，他的事迹却普遍流传着。当地的抵抗战士谁也没见过约翰尼，只知道他的指令、计划都是由一个名叫汤姆的小男孩儿传达的。后来盟军找到了汤姆才弄清了事情的真相。

原来，汤姆和他的弟弟一直要求参加当地抵抗组织，由于他们年幼未被接纳，但他们的决心一直没有动摇。

一天晚上，他们在家门口发现了一个受重伤的英国皇家飞行员，他们觉得护理这位飞行员也是为战争做出一份贡献，所以尽心尽力，对这位飞行员关怀备至。但是这个飞行员终因伤重而去世了。

兄弟俩非常伤心，弟弟天真地说："如果这个飞行员不死，就能领导我们开展抵抗运动了。"

哥哥听了弟弟的话，一个主意油然而生："即使他死了，我们仍可利用他的名义开展对敌斗争。"

兄弟俩收藏起飞行员的遗物和证件，组织起一个抵抗小组，声称这个抵抗小组是由英国皇家飞行员领导的，他们兄弟两人只不过是飞行员的小交通员。人们见到了飞行员的证件很快相信了确有其人，由于有"英国皇家飞行员"作为领导，这个抵抗组织的成员越聚越多，团结在这个并不存在的英雄身边。他们多次出击，使得德军频频失利，大伤脑筋。这个抵抗组织就是"约翰尼"抵抗运动。

男孩卡片

射击

　　射击是用枪支对准目标打靶的竞技项目。国际比赛有男女个人项目。也有团体项目，使用枪支射击的人叫射手（射击运动员）。大家普遍认为射击运动员的视力一定很好。其实不然，像国内很多优秀选手在视力上都有着这样那样的问题。例如：中国射击队总教练王义夫，他有很严重的花眼，但是射击成绩是最优秀的，所以比赛的时候戴眼镜就没有问题了。

　　事实上，这个抵抗组织是由汤姆这个小男孩儿所领导的，当盟军问他："你为什么不亲自出面呢？"

　　汤姆笑笑说："我们兄弟只是乡村的孩子，连参加战斗都不被接纳，假如我们出面组织抵抗运动，谁会跟我们走呢？"

　　"于是，你们就借用了英雄的名义来进行号召，对吗？"盟军非常欣赏汤姆的做法。

　　汤姆笑得更加爽朗了："这不能称作是欺骗行为吧？"

成长课堂

　　一个小男孩儿，借助英雄的名义组建了抵抗德军的组织，并在战争中发挥了巨大的作用。这个小男孩儿无疑是聪明的。而在如今的时代，我们同样应该学习这一方法，来完成一己之力无法实现的目标。

男子汉宣言

　　当只凭借我自己的力量无法实现目标时，我要积极借助他人的力量。

读了这么多精彩的故事，和故事中的主人公比起来，你觉得自己能成为一个善于借助他人力量的小·男子汉吗？不妨来训练营锻炼一下自己吧！

用火灭火的老猎手

在南美洲的大草原上，这里好像是一片金色带绿的海洋，一朵朵鲜花在阳光的照耀下显得那么艳丽，一群旅客在这一望无际的大草原上快乐地追逐嬉戏，为自然博大、壮丽、充满生机唱着颂歌。忽然灾难降临了——他们的身后蓦地窜出一团大火，风也呼啸了起来，为烈火助威，风和火直向旅客们扑来！仿佛有一条巨蟒在用它的一千张嘴吹着火焰。这些旅客从没见过这狂暴肆虐的场面，惊慌失措地跑起来。但是，越来越旺的火势来得更猛更快，看来，无论怎么跑，也是难逃烈火的魔爪。

在这种情况下，你知道如何去面对这种危险紧急的时刻吗？

答案在72页

《把玉米变成黄金》答案：

考泽开始查阅有关玉米的各种资料，他在互联网上看到一则消息：德国和日本生产出了燃烧乙醇的汽车。他立刻把这条消息和玉米联系在了一起，产生了用玉米来加工乙醇的念头。考泽还了解到石油资源的逐年减少，导致国际原油价格逐年上涨，这使各国对能源的争夺越来越激烈，人类迫切需要一种新的能源。用玉米来加工出乙醇将会是一种新的能源获得方式。考泽找到一家科研机构商谈合作事宜，结果机构的负责人对考泽的想法很感兴趣。于是，他们和考泽共同成立了林肯威能源公司。2006年5月，林肯威能源公司开始利用玉米来生产乙醇汽油。玉米脱胎换骨为乙醇汽油后，其附加值开始成倍增长，考泽那个玉米变黄金的愿望终于成了现实。

第八章
学会规划，拥有高效的学习和生活

以前的我

我将自己的房间弄得很乱。

我真不知道应该先从哪里打扫。

我坐在地上，愁眉不展。

现在的我

我这样打扫房间：先里后外，先上后下。

看着整洁的房间，我笑了。

以前的我

刚到家里，小伙伴叫我一起出去玩儿。

先做作业还是先去和小伙伴玩儿……

我偷偷地溜出家门，出去玩儿了。

现在的我

作业比游戏更重要，我决定先做作业。

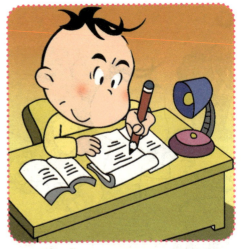

我做完作业，然后出去和小伙伴玩儿。

◀ 以前的我

题目真难啊，时间不多了，我该怎么办？

考场上我手忙脚乱地答题。

考试结束了，我却有很多题没有做完。

◀ 现在的我

我先做简单的题，然后再做难题。

试题全部做完了，我满意地交上试卷。

◀ 以前的我

组装飞机模型应该先做什么后做什么……

我茫然地坐在一堆零件当中。

最终我还是没有做成飞机模型。

◀ 现在的我

计划书

我列了一个安装计划书，按照顺序组装模型。

我将做好的飞机模型拿给爸爸看。

我的成长计划书

学会规划，拥有高效的学习和生活

在生活中的很多时候，我都不是很清楚先做什么后做什么，做事情经常颠三倒四。比如早晨起床总是匆匆忙忙地上学去，结果忘记带作业本；有很多事情要做时，总是不知应该先做哪一件……做事缺乏规划，生活没有条理性。我应该彻底改掉这样的坏习惯，让自己做事变得有条理，这样才会成为一个优秀的小男子汉。

1. 每天晚上睡觉之前，我根据课程表整理好我的书包，带好我的作业。

2. 我每天都合理安排自己的学习和生活，按照计划做事。

3. 答应别人的事情，我会记在记事本上经常提醒自己。

4. 放学以后我要先做作业然后出去和小伙伴玩儿。

5. 有很多事情要做的时候，我先做最重要最紧急的事情。

6. 每周我要读一本成功人士的传记，学习他们如何规划事情。

梦想的凳子

　　都快8岁了，10以内的加减法他还是算得一塌糊涂。父亲把墙根下玩打石头的他拽起来，给了他一个书包说："上学去吧。"

　　父母一天到晚想着他能有一个正经营生。有一年秋天，他蘸着墨水，在自己家的围墙上画了一个四角的亭子，几棵高树，还有一些波光粼粼的水。邻居说："这孩子画得不赖，将来当个画匠吧。"

　　就在他还不能确定是否能当画匠的时候，父母又发现了他的另一个"长处"。有一次他和隔壁春四家的小子剪下许多猫猫狗狗的纸样，拿着手电钻进鸡窝里"放电影"。在浪费了好几节电池之后，父亲去公社找放映队的人，看能不能给他找一个营生，哪怕打打杂，抱抱片子什么的都可以。后来公社倒是给了他们村一个名额，不过，不是给了他，而是村支书的儿子。

　　眼看当画匠无望，又当不成放电影的，父母盘算着该让他回家种地了，并预谋着要为他订下邻村的一个女孩儿。就在这时候，他竟然又稀里糊涂地考上了县里的高中。父亲一下子发了愁：上吧，非但会误了田地的活，而且还会误了邻村的女孩儿，村里边从来没有谁考上过大学，于是坚信自己家的祖坟也不会有这根草。父亲说："别上了。"母亲见他支支吾吾的，说："上吧，走一步算一步。"

　　上完高中，他考上了一所三流的专科学校。他的人生如果就这样下去的话，毕业了，回老家教教书，或许一辈子就这样没有波澜地过完。然而，大二的时候，他的脑子里突然冒出一个想法来。那时,学校办着一份自己的报刊,有一个副刊,一个月要出一两期的,他常常见有同学的文章在上面发表。他想:在毕业之前,自己一定要在校报的副刊上发表一篇文章,把自己的名字变成铅字。他开始疯狂地写东西,写完后,就拿去让教写作的老师看,稍有得到赞许的,就投给校报编辑部。到后来,老师也不愿给看了,他就埋下头来自己琢磨。他为此看了许多的书,也浏览了不少的报刊。然而,投给校报的许多稿件,都如泥牛入海。

他不想把这些凝着自己心血的文稿扔了,抱着试试看的想法,他向本市的日报社投去几篇,结果意想不到的事情发生了,他的文字竟然出现了本市的日报上。再后来,他的名字相继出现在了省内外的报刊上。从此以后,他在文学创作方面更加勤奋了,因为他发现,他还有着一项自己都意想不到的才能。

这个人就是贾平凹。这是他在一次笔会上讲出来的。讲完后,他颇有感慨地说,这个世界上更多的人,是被别人安排着过完一生的,被安排着学哪门技术,被安排着进哪个学校,被安排着在哪个单位上班……却从来没有真正自己为自己安排一件事情去做。人在这时候,最需要有一只凳子,站上去,你才会发现,你还有着许多没有挖掘出来的才能和智慧。而这只凳子,就是突然闯进你心中的一个想法,一个念头。

最后,他笑着说:“没有这个凳子,你永远看不到梦想,更别说拥有它。”

成长课堂

他如果按照别人的安排生活可能会有一个极其平凡的人生,但他却找到了一件自己真正想做的事情,并一直坚持到底,成了著名的作家。你有没有真正自己为自己安排过一件事,真正自己为自己规划过人生呢?

男子汉宣言

我要找到一件自己真正想做的事情,并一直坚持下去!

换一种方式 离成功更近

他出生在美国新泽西州一个贫穷的外来移民家庭。

他从小是个腼腆内向的孩子，和他一样大的孩子都不喜欢和他在一起，因为他什么也不会。每次考试，他都是倒数。老师不想让他回答问题，因为他总是羞涩地说不知道。大家认为他是笨蛋，是个白痴。伙伴们嘲笑他，说他永远和失败在一起，是失败的难兄难弟。

他努力过，可是收效甚微，自己在学业方面取得的进步几乎为零。但是，他还是在不断加班加点苦读。每天，他醒来后都害怕上学，害怕被嘲笑。周末，他坐在自家的门前，看着草地上喜笑颜开的男孩儿们，感到自己的未来一片渺茫。时间在一天天地流逝，而学校也在考虑劝其退学。

一次，他看到一个老人为了一张被老鼠咬坏的一美元钞票而痛哭不已。为了不让老人伤心，他悄悄回家将自己平时积攒的硬币换成一张一美元的钞票，交给了老人，说并这是他用魔法变回来的。老人激动不已，说他是个善良聪明的孩子。父亲知道这件事后，认为自己的孩子还不是个笨到家的人。接下来的这天，是他永远不会忘记的。

父亲要带他出门，目的地是波士顿。他说："我们坐汽车可以到达。"父亲说："那我们就坐汽车吧。"可是，在中途的一个小站，父亲下车买东西忘记了汽车出发的时间。就这样，汽车在他的喊叫声中呼啸而去。他很害怕，父亲怎么能到波士顿呢？波士顿汽车站到了，他下车时却看到父亲正在不远处等着他。他快速跑了过去，扑进父亲的怀抱，诉说一路的忐忑不安，害怕父亲到不了波士顿，并惊讶父亲是如何到达的。

父亲说："我是骑马来的。"他惊讶不已。父亲说："只要我们能到达目的地，管它用什么方式呢，孩子，就像你学业不成功，并不代表你在其他方面不能成功，换一种方式吧！"此时，他猛然醒悟。

随后，他看到很多人为了自己的理想不能实现而痛苦不已，就想假如自己能用魔法帮助他们实现愿望就好了即使是假的，但起码从精神上减轻了他们的痛苦。

从此，他对魔术表现出浓厚的兴趣，并跟随一些魔术师学习魔术。

他克服心中的怯懦，开始为自己的梦想奋斗。他为了实现自己的梦想而进行的努力受到了父母的鼓励。

教他魔术的老师发现他在这方面具有很高的悟性，学东西很快，而且每次在原有的基础上都能创新。很快老师的技巧便被他学光了，他不得不换老师。就这样，短短的两年时间里，他换了四个魔术老师。

他就是大名鼎鼎的魔术师大卫·科波菲尔，一个匪夷所思的成功人士。

有人问他是怎么成功的，大卫·科波菲尔说："父亲告诉我，成功对我们来说好比是个固定的车站，我们在为怎么到达而绞尽脑汁，大家都在争夺汽车上的座位，没有得到座位的人不得不等下一班汽车，可是，为什么我们不能骑马或者乘轮船去车站呢？这样，我们不是也到达目的地了吗？只不过我们换了一种方式。"

最后，大卫·科波菲尔又说："后来我知道，这一切是父亲安排好的，其实那个小站离波士顿很近，骑马竟然比坐汽车还快，所以父亲到得比我早。"

 成长课堂

当你一直为了理想埋头奋进、却总也不能抵达成功彼岸时，你会做出什么样的选择？是继续绞尽脑汁努力，还是换一种方式？有时候，如果改变一下做事的方式，我们会更早到达目的地。

男子汉宣言

当我在其他方面不能成功时，我要及时换一种方式！

只成功 "一点"

"从小到大，许多方面我都是非常失败的，简直一塌糊涂。"他说。

他小学时多门功课常常不及格，而到了中学，物理成绩甚至常常为零分。他在拉丁语、代数以及英语等科目上的表现同样惨不忍睹，就连体育也不好。虽然他参加了学校的高尔夫球队，但在赛季唯一一次重要比赛中，他输得干净利落。在学校，没有人不认为他糟糕透顶。他孤独、落寞，在自己的整个成长时期，在社交场合从来就不见他的身影。

年少的他憧憬爱情。当许多同龄人开始恋爱的时候，他只能独自发愣。有一次，他鼓足勇气给一个女孩子写信，但随后却在废纸篓里发现了"爱的碎片"。

这真是个无可救药的失败者。然而，这个在许多方面无可救药的失败者却麻木地抱守他尚未失败的"一点"，从小到大，他在乎一件事情——画画儿。

他相信自己拥有不凡的绘画才能，并为自己的作品深感"自豪"。但是，除了他本人，他的那些作品从来没有其他人看得上眼。上中学时，他向某杂志社的编辑提交了几幅漫画，结果一幅也没被采纳。尽管经历多次被退稿的痛苦，他仍决心成为一名职业漫画家。到了中学毕业那年，他向当时的沃尔特·迪斯尼公司

写了一封自荐信。该公司让他把自己的漫画作品寄去看看，并规定了漫画主题。于是，他投入了巨大的精力与非常多的时间，一丝不苟地完成了许多幅漫画。然而，漫画作品寄出后却如石沉大海，最终他没有被迪斯尼公司录用。

生活对他来说只有黑夜。在走投无路之际，他尝试着用画笔来描绘自己命运多舛的人生经历。他以漫画语言讲述了自己晦涩的童年、不堪回首的青少年时

跆拳道

跆拳道是朝鲜半岛民间技击术，是一项运用手脚技术进行格斗的韩国民族传统的体育项目。它由品势（套路）、搏击、功力检验三部分内容组成。跆拳道是创新与发展起来的一门独特武术，具有较高的防身自卫及强壮体魄的实用价值。它通过竞赛、品势和功力检测等运动形式，使练习者增强体质，掌握技术，并培养坚韧不拔的意志品质。

光——一个学业糟糕的不及格生、一个屡遭退稿的所谓艺术家、一个没人注意的失败者。他的画融入了自己多年来对绘画的执着追求和对生活的独特体验。

连环漫画《花生》诞生了，并风靡世界。从他的画笔下走出了一个名叫查理·布朗的小男孩儿，这也是一名失败者：他的风筝从来就没有飞起来过，他也从来没踢好过一场足球，他的朋友一向叫他"木头脑袋"……

他的成功出人意料。他叫查尔斯·舒尔茨，一个蜚声国际的漫画家。

"许多方面我一败涂地，只在画画儿这一点上我站稳了脚跟。"舒尔茨说，"而所谓成功，也只是需要你在某一点上与众不同，自始至终。"

成长课堂

我们为自己制定的人生规划是否纷繁复杂？其实，过于复杂反而不能更好地实现我们的目标，只要像查尔斯·舒尔茨那样，选择适合自己的一点，并自始至终地努力，你就能够获得成功。

男子汉宣言

只要在适合自己的一点上坚持到底，我就会成功！

离开还是靠近

在一堂关于如何做好人生规划的专业课上，老师问学生："假设你一个人外出旅游，来到了一个峡谷，发现几米深的地方有一个手提包，而且手提包是打开的，里面装着一沓钞票。同时，你还发现，在悬崖边有一些看起来长得不是很牢固的树根，这树根可以帮助你到达手提包的位置，拿到这笔意外的财富，当然，你更有可能因此而被摔断脖子。请问：你会选择离开还是靠近？"

一半以上的学生选择了离开，毕竟，再多的财富也比不上可贵的生命。

老师没有发表意见，继续问："如果那个装钱的手提包换成一个失足落下的小男孩儿，他此时奄奄一息地发出求救的呼唤——你又会怎么选择呢？"

学生们考虑了几秒钟后，全部选择了靠近。

"面对相同的环境，相同的危机，你们却作出了不同的选择，这是为什么呢？"老师问。

"因为目标不同，一个目标是为了取得财富，一个目标却是为了营救生命，相比较而言当然生命要比财富重要。"一个学生说。

"正是因为个人所设定的目标不同，所以你们的价值观也就不同了。现在，我们换个内容。"老师接着说，"如果你有一个心仪的女朋友，你希望能和她厮守终生，但对方却不这样认为，也许她不是真的喜欢你。这时候，如果你一意孤行地付出自己的情感，那么结局会有两个：要么她被你感动，被动地和你在一起，但这段感情可能随时都会出现问题，要么她仍旧冷漠地离开了你，任你对她再好也没

男孩卡片

举重

举重是一项很古老的运动。古希腊人曾用举石头来锻炼和测验人的体力，罗马人在棍的两头扎以石块来锻炼体力和训练士兵。中国民族形式的举重活动，早在两千多年前的楚汉时代就有记录。近代竞技举重运动兴起于18世纪末，最初盛行于欧洲。19世纪80年代初期，首先在英国而后在美国，人们开始将举重列为正式的比赛项目。 第一次正式的国际举重比赛是在1896年于希腊举行的第一届奥运会上进行的。

有用。这时，你是选择毅然离开，还是坚持靠近？"

学生陷入了两难的思考。毕竟，面对自己所爱，怎能轻易放弃？有些人甚至想，只要能够挽回恋人的心，自己牺牲一切也在所不惜。

"假若角色互换，"老师看到大家都不吭声，于是话题一转，"你是那个被人苦苦追求的女孩儿，在你根本没有打算接纳对方的前提下，你会选择离开，叫对方彻底死心，还是选择靠近，听任感情自由发展？"

转换了角色之后，学生们变得不再迟疑，纷纷表示说："既然不爱人家，就该及早离开，免得耽误了对方的青春和幸福！"

有很多人在面对问题的时候，本该离开却选择了靠近，本该靠近却选择了离开，所以他们的人生路途，走得跌跌撞撞痛苦不堪。

- -

想做好任何一件事情，不动脑子是不行的。只有考虑周全，施以妥善的行动才能完成我们的重大规划。当我们面对众多选择时，我们要作出明智的选择。

· ·

男子汉宣言

规划事情时要多动脑筋，考虑周全！

如果，下一次

一位执业多年的心理医生拥有非凡的成就。在他即将退休的时候，为了对自己一生的成绩作出一个总结，给后人一个值得借鉴的参考，他写出了一本医治各种心理疾病的专著。这本书足足有一千多页，讲述了多种心理疾病的症状和治疗方法。这真称得上是一本医治心理疾病的百科全书，不仅具有学术价值，更具有很深的实际指导意义。

退休后的心理医生成为心理学界德高望重的前辈，常常被邀请到大学里去讲学，他的学术报告，深入浅出，加入了自己临床的实际病例，很受学生欢迎。一次，他应邀到一所大学去讲学。在课堂上，他拿出了自己的这本著作，对台下的学生们说："我的这本书共有一千多页，讲了不下三千种治疗方法以及几万类药物，但是，所有的内容，却可以总结为几个字。"

学生们被深深地吸引了，他们屏息注视着那位心理医生，期待着听他接下来的话。只见心理医生转身在黑板上写下了几个字"如果，下一次"。医生看到学生们不解的目光，解释说："我在多年从事心理治疗的过程中发现，造成人们精神困扰的莫不是'如果'这两个字，人们被这两个字深深折磨着，'如果我当初努力学习'，'如果我没有辜负她'，'如果我及时赶回来'，'如果我换了工作'……"

尽管心理医生可以用上千种方法来帮助人们解除困扰，但最终的方法都是把人们的思想引入"下一次"。当人们把思想从"如果"变为"下一次"时，所有的心理疾病都得

到了缓解。"下一次我可以选择自考和进修"，"下一次我不会再错过我爱的人"，"下一次我一定不再拖拖拉拉"……让一个人感到精神困

竞走

竞走起源于英国，1867年，英国举行了第一次竞走锦标赛。到了19世纪90年代，这项运动在德国盛行起来。1893年举行的维也纳到柏林的竞走比赛，全程长达578公里。1908年，奥运会正式将竞走列为比赛项目。1932年的奥运会首次加入50千米竞走的公路赛，而10000米竞走则在跑道上进行。

扰，幸福观念大受影响的，往往不是物质上的贫乏，而是心境的消沉。如果你的心里总是充满了懊悔和遗憾，你的心灵只能被痛苦占据。

当我们的心灵被懊悔腐蚀，所有的意志都会变得消沉，成功也会一步步远离我们。而当我们开始为下一次准备时，我们就会拥有真正有益于生命的阳光和财富，我们就开始迈向成功。

成长课堂

失败并不可怕，可怕的是我们沉浸在失败的阴影里无法自拔，总是责备自己。当自责一旦成为了习惯，就足以毁掉我们的整个生活。

男子汉宣言

只有抛弃过去的种种阴影，我们才能迈开大步向前进。

最重要的是手边的事情

英国蒙特瑞综合医科学校的学生威廉·斯勒对人生中的许多问题感到很困惑，他不明白应该怎么处理远大的理想和具体的身边小事之间的关系，不明白一个人应该有什么样的做事态度才能成功。他渴望成功，但对手边的小事又觉得没有什么意义。他甚至以为现在的学校生活枯燥乏味，没什么值得去用心的。因而他的成绩也每况愈下。

他找他的老师探讨这些问题。他的老师推荐他阅读哲学家卡莱里写的一本哲学启蒙读物。老师说，他的书或许可以帮助你解决问题。

威廉·斯勒是一个意志很坚定的青年，他一向不崇拜大人物，更不相信所谓的名人名言，对许多问题一向有自己独到的见解。但既然是老师推荐，他想或许真的有用。他拿过书漫不经心地浏览起来。

突然间，书中的一句话让他眼前一亮："最重要的，就是不要总是去看远方模糊的理想，而要做手边最具体的事情。"他恍然大悟：是啊，不论多么远大的理想，都需要一步步实现；不论多么浩大的工程，都需要一砖一瓦垒起来啊。

他明白了，他的困惑解决了，他终于找到了人生的答案。他知道，那些远大

的理想，应该让它们高悬在未来的天空里。现在最紧要的，是把自己手边的每一件具体的事做好。

也就是从那一天开始，1871年春天的一个下午，年轻的威廉·斯勒开始埋头读书，因为他知道这是他目前最紧要的事情，他要把自己的成绩搞上去。半个学期以后，威廉·斯勒一跃而成为整个学校最优秀的学生。

两年以后，威廉·斯勒以全校最优异的成绩毕业。毕业后他来到一家医院做医生。他认真对待每一个患者，对每一次出诊都一丝不苟。兢兢业业的态度和精益求精的精神，使他很快成了当地的名医。

几年以后，他创办了约翰·霍普金斯学院。他把自己的人生态度贯彻到每一个细节里。许多专家学者慕他之名来到学院工作，使他的学院很快成为英国乃至世界最知名的医学院。

威廉·斯勒总是告诉他身边的人：最重要的是把你手边的事情做好，这就足够了。他靠着这句话，精心地做着自己的事情，不仅成了他那个时期最著名的医学家，还成了牛津大学医学院的教授，被英国国王授予爵士爵位。

一个人应该有远大的理想，没有理想就会迷失方向。但是，要实现理想，就必须踏踏实实地从手边的事情做起，因为，手边的每一件小事正是你理想大厦的一砖一瓦。

威廉·斯勒用自身的经历告诉我们，要实现理想，就要从身边的小事做起。因为这些小事是我们获得成功的基础。只有做好这些小事，我们才能更好地向更高的目标前进！

男子汉宣言

我要关注身边的事情，努力做好每一件小事！

你必须有一样拿得出手

我的一位商界朋友45岁的时候，移居去了美国。

大凡去美国的人，都想早一点儿拿到绿卡。他到美国后3个月，就去移民局申请绿卡。一位比他早先到美国的朋友好心地提醒他："你要有耐心等。我申请都快一年了，还没有批下来。"

他笑笑说："不需要那么久，3个月就可以了。"朋友用疑惑的目光看着他，以为他在开玩笑。

3个月后，他去移民局，果然获得批准，填表盖章，很快，邮差给他送去绿卡。

他的朋友知道后，十分不解："你年龄比我大，钱没有我多，申请比我晚，凭什么比我先拿绿卡？"他微微一笑，说："因为钱。"

"你来美国带了多少钱？""10万美元。""可是我带了100万美元，为什么不给我批反而给你批呢？"

"在我到美国的3个月内，我的10万美元，一部分用于消费，一部分用于投资，一直在使用和流动。这在我交给移民局的税单上已经显示出来了。而你的100万美元，一直放在银行里，没有消费变化，所以他们不批准你的申请。"原来如此。

美国是一个十分注重效率和功利的国家，你要对美国的社会经济发展有益，美国才能接纳你。

在美国拿绿卡，只有两种人可以：一种是来美国投资或消费；还有一种人，就是有技术专长。

这位朋友前不久回国，给我讲了一件他在美国移民局亲眼见到的事，使我更深刻地了解了美国。

他在美国移民局申请办绿卡时，曾遇到过一位中年妇女，从她被晒成古铜色的皮肤看，可以断定她是一位户外工作者。

出于好奇，他上前和她搭话，一问才知，她来自中国北方农村，因为女儿在美国，才申请来美。她只读完了小学，汉语都表达不好。

可就是这样一位英语只会说"你好"、"再见"的中国农村妇女，也在申请绿卡。她申报的理由是有"技术专长"。

移民官看了她的申请表，问她："你会什么？"她回答说："我会剪纸画。"说着，她从包里拿出一把剪刀，轻巧地在一张彩色亮纸上飞舞，不到三分钟，她就剪出一群栩栩如生的各种动物的图案。

美国移民官瞪大眼睛，像看变戏法似的看着这些美丽的剪纸画，竖起拇指，连声赞叹。这时，她从包里拿出一张报纸，说："这是中国《农民日报》刊登的我的剪纸画。"

美国移民官员一边看，一边连连点头，说："OK。"

她就这么OK了。旁边和她一起申请而被拒绝的人又羡慕又嫉妒。

这就是美国。你可以不会管理，你可以不懂金融，你可以不会电脑，甚至，你可以不会英语。但是，你不能什么都不会！你必须得会一样，你要竭尽全力把它做到极限。这样，你就会永远OK了。

成长课堂

在如今的社会，新生事物层出不穷，每天都有很多新知识需要我们掌握。我们对于一些领域可以说是一无所知。我们不会很多东西，这是正常的，但是你不能什么都不会。将一件事做到极限，我们依然可以获得成功。

男子汉宣言

我要在众多的爱好中，选取一项自己最擅长的，将其做到最好！

谁能走出沙漠？

　　有一位探险家在撒哈拉大沙漠中发现了一个小村庄，令他感到奇怪的是在此之前从没有任何人说起过这个地方，而这里的村民居然对沙漠之外的世界也一无所知，他就问村民为什么不走出沙漠看一看，村民的回答是：走不出去！原来自从他们的祖先定居此地之后，每隔几年就会有人试图走出沙漠去，但不管朝哪一个方向行进，结果都一样：绕一个大圈子之后又回到了村子里，没有一次例外！

　　探险家感觉非常有趣，他走过无数的地方，这样的情况还是头一次遇到。于是他决定做一个实验，他邀请一位村里的青年做向导，收起自己的先进仪器，跟在青年身后走进了沙漠。11天之后，他们两人果然在绕了个大圈子后又回到了村里！

　　聪明的小朋友，如果换了你，你能走出沙漠吗？

答案在54页

《冷水边的篝火》答案：

　　阿布·纳瓦斯向国王陈述了穷人的遭遇，然后说："像这样在树底下烧火，烧了这么长时间，可锅却连一点儿热乎气都没有；可是商人却偏要说，穷人之所以经得起在冷水里泡一夜，是因为他儿子在池边生火的缘故。"国王听后十分生气，立即命令商人付给穷人一百个金币的报酬。

第九章
学会沟通，打造良好生活空间

◀ 以前的我

又和好朋友闹别扭了，该怎么办啊？

我和好朋友都赌气不说话。

我们各自郁闷地回家了。

◀ 现在的我

我主动向好朋友道歉。

我们和好如初，一起放学回家。

147

◀ 以前的我

教室的门坏了，老师认为是我弄的。

老师，您真的误解我了。

放学后，我哭着跑回家。

◀ 现在的我

我主动找老师说清楚事情的前因后果。

老师和我一起将门修好了。

以前的我

妈妈工作太忙，又忘记了我的生日。

我生气地躺在床上，不理妈妈。

现在的我

我和妈妈促膝谈心，我知道妈妈是爱我的。

妈妈和我一起吹蜡烛、吃蛋糕。

◀ 以前的我

下课了，我和同桌在聊天儿。

我不是想说同桌的能力差，她误解我了……

我无奈地望着生气的同桌。

◀ 现在的我

我向同桌说明了我的真正意思，她开心地笑了。

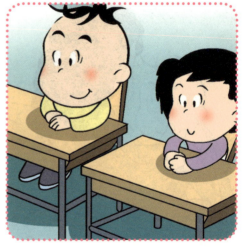

上课了，我和同桌认真地听讲。

为什么别人总是误解我的意思？和朋友闹别扭的时候，我总是不知道该怎么办。为什么爸爸妈妈从来都不知道我在想什么？为什么……原来人与人之间的相处，需要良好的沟通方式，而我以前却不知道。以后，我也要学会良好地、有效地沟通，做个沟通高手，为自己和周围的人创造出良好的生活空间！

1. 我每天要提醒自己善于询问与倾听。

2. 和朋友吵架的时候，要主动认错道歉。

3. 要试着站在他人的角度，设身处地地为他人着想。

4. 在交往中要学会做个有心人，善于体察他人的心境，主动关心他人。

5. 多和父母谈心，了解父母的真实想法。

6. 当我有了烦恼的时候，可以向父母倾诉，听取他们的意见。

改变人生的一句话

卡耐基是美国著名的心理学家和人际关系学家，被称为"20世纪最伟大的成功学大师"，他还是美国著名的企业家、教育家和演讲口才艺术家。他的《沟通的艺术》《人性的弱点》《人性的优点》《美好的人生》《快乐的人生》等书出版之后，立即风靡全球，先后被译成几十种文字，影响了很多人！早在20世纪上半叶，当经济不景气、不平等、战争等恶魔正在磨灭人类追求美好生活的心灵时，卡耐基先生以他对人性的深刻认识，利用大量普通人不断努力取得成功的故事，通过他的演讲和著作唤起无数陷入迷惘者的斗志，激励他们取得辉煌的成功。

这样一位成功的大师，小的时候却是个大家公认的非常淘气的坏男孩儿。

在他9岁的时候，他父亲把继母娶进家门。当时他们是居住在维吉尼州乡下的贫苦人家，而继母则来自较好的家庭。

他父亲一边向她介绍卡耐基，一边说："亲爱的，希望你注意这个全郡最坏的男孩儿，他可让我头疼死了，说不定他会在明天早晨以前就拿石头扔向你，或者做出别的什么坏事，总之让你防不胜防。"

出乎卡耐基意料的是，继母微笑着走到他面前，托起他的头看着他。接着又看着丈夫说："你错了，他不是全郡最坏的男孩儿，而是最聪明、但还没有找到发泄热忱的地方的男孩儿。"

继母说得卡耐基心里热乎乎的，眼泪几乎滚落下来。就是凭着她这一句话，他和继母开始建立友谊。也就是这一句话，成为激励他的一种动力，使他日后创造了成功的28项黄金法则，帮助千千万万的普通人走上了成功和致富的光明大道。因为在她来之前没有一个人称赞过他聪明。他的父亲和邻居认定他就是坏男孩儿，但是继母只说了一句话，便改变了他的生命。

男孩卡片

篮球

篮球运动是由美国体育教师詹姆斯·奈史密斯博士发明的。篮球比赛场是一个长方形的坚实平面，无障碍物。标准的比赛场地长度为28m，宽度为15m。天花板或最低障碍物的高度至少应为7m。篮球场的长边界限称边线，短边的界限称端线。球场上各线都必须十分清晰，线宽均为0.05m。以中线的中点为圆心，以1.8m为半径，画一个圆圈称中圈。三分投篮区是由场上两条拱形限制出的地面区域。

卡耐基14岁时，继母给他买了一部二手打字机，并且对他说，她相信他会成为一位作家。他接受了她的想法，并开始向当地的一家报纸投稿。他了解继母的热忱，也很欣赏她的那股热忱，他亲眼看到她用她的热忱改善他们的家庭。

来自继母的这股力量，激发了他的想象力，激励了他的创造力，帮助他和无穷的智慧发生联系，使他成为20世纪最有影响力的人物之一。

成长课堂

成长过程中父母的作用是不可低估的，卡耐基的继母胸襟豁达，乐于接受别人，并且对卡耐基抱有希望，正是这种理解和包容促使卡耐基取得了成功。学会理解他人、包容他人，给周围人带来快乐，能使人际关系变得融洽。

男子汉宣言

学会赞美别人，包容别人的缺点，用乐观的情绪传染周围的人！

汽车推销之三

的深刻体验

假设你接到这样一个任务，在一家超市推销一瓶红酒，时间是一天，你认为自己有能力做到吗？你可能会说：小菜一碟。那么，再给你一个新任务，一天推销出一辆汽车，你做得到吗？你也许会说：那就不一定了。

如果是连续多年都是每天卖出一辆汽车呢？您肯定会说：不可能，没人做得到。可是，世界上就有人做得到，这个人在15年的汽车推销生涯中总共卖出了13001辆汽车，平均每天销售3辆，而且全部是一对一销售给个人的。他也因此创造了吉尼斯汽车销售的世界纪录，这个人就是乔·吉拉德先生。

乔·吉拉德被誉为"世界上最伟大的销售员"，连续12年荣登世界吉斯尼记录大全世界销售第一的宝座，他所保持的世界汽车销售纪录：连续12年平均每天销售6辆车，至今无人能破。

不过他也有失误的地方。一次，某位名人来向他买车，他推荐了一种最好的车型给他。那人对车很满意，并掏出10000美元现钞，眼看就要成交了，对方却突然变卦而去。

乔为此事懊恼了一下午，想来想去不知道这到底是为什么。到了晚上11点他忍不住打电话给那人："您好！我是乔·吉拉德，今天下午我曾经向您介绍一部新车，眼看您就要买下，却突然走了。"

"喂，你知道现在是什么时候吗？"

"非常抱歉，我知道现在已经是晚上11点钟了，但是我检讨了一下午，实在想不出自己错在哪里了，因此特地打电话向您讨教。"

"真的吗？"

"肺腑之言。"

"很好！你用心在听我说话吗？"

"非常用心。"

"可是今天下午你根本没有用心听我说话。就在签字之前，我提到我的孩子吉米即将进入密执安大学念医科，我还提到他的学科成绩、运动能力以及他将来的抱负，我以他为荣，但是你毫无反应。"

乔不记得对方曾说过这些事，因为他当时根本没有注意。乔认为已经谈妥那笔生意了，他不但无心听对方说什么，而且在听办公室内另一位推销员讲笑话。

这就是乔失败的原因：那人除了买车，更需要得到别人对一个优秀儿子的称赞。

乔·吉拉德恰恰没有"站在对方立场思考与行动"。他只是想当然地以为"已经成交了"。

所以后来他总结出："倾听，你倾听得越长久，对方就会越接近你。"

成长课堂

有效的倾听能增加信息交流双方的信任感，乔·吉拉德恰恰忽视了这一点。他当时没有站在对方立场上思考问题，也没有及时对顾客的谈话给予反馈，这都造成了他的生意泡汤。我们和别人交谈时，要学会用心倾听。

男子汉宣言

站在对方立场上去思考问题，谈话的时候及时给予对方反馈！

推销 面包 的妙方

美国纽约市中心有一家豪华的大饭店。这里陈设考究，住房舒适，菜肴美味可口。这里每天都是宾客满座，需要消耗大量食品。这天清晨，刚从国外考察回来的经理风尘仆仆地来到饭店处理事务。他刚步入大厅，就被等候在那里的杜维诺先生喊住了。

"经理先生，我想耽搁您几分钟时间，谈谈关于……"

杜维诺先生经营着一家高级面包公司，他一直想把面包推销给这家大饭店。四年来，他经常主动登门谈生意或给经理打电话，但都遭到了拒绝。

"杜维诺先生，关于面包的购买问题，我们已经讨论过好多次了。本店已经有了充足而良好的供应，所以……"

杜维诺赶紧解释："经理先生，在您出国期间，我已住进了贵店，现在我是您的顾客！您误会了，我并不想谈面包的销售问题，而是想求教'旅馆招待者协会'的一些事项。"

一提到"旅馆招待者协会"，经理立即容光焕发了。他是这个组织的主席，他十分热衷于它，并引以为荣。他笑着问："想不到杜维诺先生对'旅馆招待者协会'也有兴趣。"

"岂止有兴趣，简直是崇拜之至。"杜维诺回答道。于是，他俩进入小客厅，亲切地交谈起来。

原来杜维诺向这家大饭店屡次推销面包，总是一无所获，他就向一个朋友去请教。那个朋友告诉他一个"妙方"。要他关心饭店经理近期来热衷的是什么，以设法投其所好。于是，他就住进了这家饭店，经过详细调查，终于了解到这位经理的兴趣和爱好所在。此时在小客厅里，两人谈得非常投机，杜维诺对"旅馆招待者协会"的宗旨、组织、计划、活动等有关细节了如指掌，谈得头头是道。他不仅恰到好处地渲染了经理对这个组织所起到的作用和贡献，而且还夸大其词地展望着这个组织的发展前景，描绘着一幅美好的蓝图。最后，他还不无遗憾地表示：

"可惜我不经营旅馆业，否则，我将是这个组织的一名积极的成员。"

经理深受感动地说："本组织积极的成员从来不会嫌多。其实先生所从事的事业与我们的协会也是有联系的。"

当然，经理所谓的这种联系极其勉强，即使他作为主席也无法改变协会的宗旨。不过他还是想出了一个办法，"卖"给杜维诺一张会员证，让他冒名顶替来当一名"积极的成员"。

这次谈话连一点儿面包屑都没沾上边，但没隔多久，杜维诺先生就接到了那家大饭店大宗面包的订货单。

成长课堂

杜维诺先生谈话中并没有谈及他的面包生意，但是一番谈话下来，他就稳操胜券了，因为他得到了大饭店经理的肯定。如果一个人对某事特别感兴趣，他更有可能选取与自己喜欢的事物有直接关系的信息，而且会忽视或根本不去注意其他事。所以要达成良好的沟通，可以先设法说些彼此感兴趣的话题。

男子汉宣言

在和陌生人沟通的时候，要多说别人感兴趣的事情！

帽店招牌的 故事

美国的《独立宣言》与独立战争一样，永载史册，它字字珠玑，广为流传，对推动美国的革命起到了巨大的作用。自1776年以来，《独立宣言》中所体现的原则就一直在全世界为人传诵。美国的改革家们，不论是出于什么动机，不论是为了废除奴隶制，禁止种族隔离还是要提高妇女的权利，都要向公众提到"人人生而平等"。不论在什么地方，当人民向不民主的统治作斗争时，他们就要用杰弗逊的话争辩道：政府的"正当权力是经被治者同意所授予的"……

这篇文章出于才气横溢的杰斐逊之手。他对自己的文笔颇为自负，认为自己写出来的东西无可挑剔，往往动一字就像要割掉他身上的一块肉一样。

富兰克林是起草这个文件的负责人，他是杰斐逊的密友，深知此人的脾性。他一方面觉得《独立宣言》的草稿必须修改，一方面又怕惹起杰弗逊的不愉快。于是他巧妙地向杰弗逊讲述了一个故事：

有一个年轻人开了一家帽店，他拟了一块招牌上写"约翰·汤姆森帽店，制作和现金出售各式礼帽"，还在招牌下面画上了一只帽子。他觉得这块招牌很醒目，洋洋得意地等着朋友们的赞赏。

但是他的朋友们却不以为然，一个人说"帽店"一词与后面的"出售各种礼帽"语意重复，可以删去。

一个朋友认为"制作"一词可以省略，因顾客只要帽子式样称心，价格公道，质量上乘自然会买，至于是谁制作，他们并不关心，再说约翰并非久负盛名的制帽匠，人们更不会注意。

又一个朋友认为："现金"两字纯属多余，一般到商店购物，都是用现金购物的。

经过几次修改，招牌只剩下"约翰·汤姆森，出售各式礼帽"的字样和那只礼帽的图案了。

尽管这样，还有一个朋友不满意，他认为帽子决不会白送，"出售"两字可以删去，还有"各式礼帽"与图案也重复了，可以不要。经过删改，只有"约翰·汤姆森"的名字和那个图案了。

几经删改，招牌变得十分简洁明了，因而也就更加醒目。年轻的帽店店主非常感激朋友们的宝贵意见。

杰斐逊听了这则故事，明白了富兰克林的意图，稿子是修改出来的，因此广泛听取公众的建议，把《独立宣言》修改得好上加好，使它成了永载史册的重要文件。

身为杰斐逊的密友，富兰克林没有直接说出自己的意见，而是通过一个小故事让杰斐逊感觉到稿子是修改出来的，这样的沟通不仅能达到沟通的目的，又没有伤害两人之间的感情，真是巧妙之极！

男子汉宣言

我也可以采用讲故事的方式来表达自己的意见！

贝尔 弹琴妙筹款

犹太人有句话：世界上最难的事情有两样，一是把你的思想装进别人的脑袋里，另一样是从别人的口袋里拿钱装到自己的口袋里。看来不论是哪件事情都很难，下面的这篇文章就是这样的事情，既要把思想装进别人的脑袋里，又要把钱从别人的口袋里拿出来。

亚历山大·格雷厄姆·贝尔是著名的发明家和企业家。他发明了世界上第一台电话机，创建了贝尔电话公司，被人们誉为"电话之父"。

这个故事发生在贝尔发明电话机之后，后来他又进行了一些新的电气实验，但他需要大量的投资，否则无法使他的实验进行下去。他觉得当务之急是必须说服投资者，筹到经费。于是他拜访了大企业家许拜特先生。

许拜特先生是个脾气非常古怪的人，而且对电气事业又不感兴趣，所以对于这方面的投资采取排斥的态度。

贝尔来到许拜特家，见许拜特不怎么热情，就没有直接说投资后能获多少利益，也没有马上向他解释科学理论，而是环顾客厅，看到显眼的位置上陈设着一架钢琴，便问道："阁下想必对钢琴很有兴趣？"

许拜特一时摸不着头脑，就随意地"嗯"了一声。

贝尔坐下来先弹奏了一曲，然后把话头渐渐纳入自己设计的轨道："您看，随着我手指的弹动，钢琴便会发出各种声音。"

许拜特又是"嗯"了一声，不过神态和语气热情多了。"你可知道，如果我把这脚板踏下去，对着钢琴唱出一个声音，这钢琴便也会重复发出这个声音来。这事你看有趣吗？"

"不过这是怎么回事呢？"

许拜特当然摸不着头脑，更不知其中含义，于是他放下手中正在阅读的书本，好奇地询问贝尔。

于是贝尔详细地对他解释了和音与复音电信机的原理。接着他又说："倘若能

《孙子兵法》

《孙子兵法》全书13篇，约6000字，为我国春秋时代孙武所著，距今已2500多年，是我国同时也是世界现存最古老的一部兵书，一直被历代政治家、军事家、商人、学者奉为至宝。该书自问世以来，对中国古代军事学术的发展产生了巨大而深远的影响，被人们尊奉为"兵经"、"百世谈兵之祖"。历代军事家、政治家无不从中汲取养料，用于指导战争实践和发展军事理论。《孙子兵法》不仅是中国的谋略宝库，在世界上也久负盛名，现今已被翻译成29种文字，在世界上广为流传。

把你弹奏的乐曲传到远处。想必你一定是乐意的。"

"嗯！"许拜特似乎有些激动了。

"您知道我曾经发明过电话机，通过电话，能传递信息，包括音乐。现在我的电话机向全世界推广了，这将会产生巨大的效益。接下来我将有另一项实验，假如成功，您投资的钱会有很大利润的。"这时贝尔才跟他算了一笔账。

许拜特的态度彻底改变了，很高兴地答应承担贝尔新实验的一部分经费。

成长课堂

沟通需要制造合适的气氛，当沟通的条件具备以后再谈正事，往往能取得较好的结果。贝尔就是这样先从钢琴的发音谈起，慢慢地引导对方到自己的话题上，从而实现了自己的初衷。

男子汉宣言

我要学会在沟通时制造良好的谈话气氛！

巴顿 将军 的头盔

1943年，英美盟军在北非遭到绰号叫"沙漠之狐"的隆美尔元帅率领的德军反击，展开了一场大规模的战斗，结果美军惨败，陷入了困境。为了扭转战场形势，重振美军力量，美国当局派乔治·巴顿将军前往第二特种部队任司令官。

年逾50的巴顿雄心勃勃，一上任就整顿军纪，还制定了极严格的训练计划。他作战勇猛，生性诙谐，即使在最困难的时候，也抱着乐观的精神。

美国在第二次世界大战中参加较晚。刚参战时，一些新入伍的年轻战士由于缺乏作战经验，普遍存在着怯敌心理。加上当时德军在北非取得了一连串的胜利，被渲染得神乎其神，因此在美军中，士气低落，几乎到了草木皆兵的程度。

就在这种情况下，巴顿将军搞了一次奇特的阅兵式。当巴顿将军出现在检阅台上时，士兵们都好奇地发现，他们爱戴的巴顿将军头上戴着的竟是一顶德国将军的头盔，情绪顿时被煽动起来了。

巴顿将军对士兵们说："我头上戴的头盔是刚从德军那里缴获来的，这说明德国并非不可战胜！"

阅兵场上一片欢呼。

巴顿将军继续说："我要戴着这个头盔，一直打到柏林。"

欢呼声像大海中的波涛，一浪高过一浪，美国士兵的畏敌情绪一扫而光。

其实，巴顿

《三国演义》

元末明初横空出世的《三国演义》是我国产生较早的一部著名的长篇历史演义小说，没有哪一部小说能像它一样对一个国家的社会生活和风俗习惯产生如此巨大而深刻的影响。同时，随着中外文化的交流，《三国演义》也远播海外，被译成韩、越、日、英、法、德、俄等几十种文字传遍世界各大洲。随着时间的推移，《三国演义》以其无以伦比的丰富内涵进一步扩大着它的影响。

将军并未将这顶德军头盔继续戴下去，在以后漫长的战争年月里他戴的是自己的头盔，不过他别出心裁地将军衔两颗将星标在头盔上，他的这种做法在军部引起了各种不同的反应。

有个老资格的上校说："将军阁下，你难道不怕德国人认识你吗？难道你的头盔是打不穿的吗？"

"我的头盔当然不是打不穿的。"巴顿将军坦然自若地说，"不过，作为一个将军，是敌人看见我的机会多呢？还是自己的士兵看见我的机会多？"

老上校还是不理解地摇摇头。巴顿将军就带着他到下属部队去巡视。每到一处，士兵们只要看见巴顿的头盔就欢呼起来。这时巴顿又对老上校说："你在部队时间比我久，为什么士兵能一眼认出我，而认不出你呢？"老上校这才心悦诚服了。以后巴顿又把军衔标在头盔上，所以在巴顿的部队里，官兵关系非常融洽，老是打胜仗。

巴顿戴着他的头盔行走在军中的时候就是在告诉大家要乐观，要有信心打胜仗。这种无声的沟通比说出的话更有分量，这是一种胜利果实的分享，又是给大家树立的一个目标。有时候，适当的行为举止也会取得良好的沟通效果。

男子汉宣言

有时无声胜有声，这种沟通方法值得学习！

记住更多人的名字

　　吉姆·弗雷德从小家境贫困，在他刚满10岁的时候父亲就早早地离开了人世，只留下了身体单薄的母亲和年幼的弗雷德。

　　无论生活多么贫困、环境多么艰难，吉姆·弗雷德和他的母亲都从来没有放弃对生活的希望。尤其是弗雷德，凡是认识他的人几乎都会被他积极乐观的精神感染。不过，初次与弗雷德接触时，大多数人还是忍不住对他的成功经历感到惊讶：吉姆·弗雷德小时候家境过于贫困而无钱读书，所以他的学历极其有限——事实上，他刚刚念完小学就被迫干起了临时工。可是在他46岁的时候却担任了国家邮政部长的职位，在他年近五十的时候被美国的四所名牌大学授予荣誉学位，甚至罗斯福成功入主白宫，也得益于他的倾力帮助。

　　既没有显赫的家境，又没有很高的学历，吉姆·弗雷德究竟是靠什么取得成功的？几乎所有人都会带着这个疑问去向吉姆·弗雷德本人请教。带着这个备受关注的疑问，一位年轻的记者叩开了吉姆·弗雷德先生办公室的大门。吉姆·弗雷德本人十分健谈，年轻的记者和他交谈时感到从未有过的兴奋和愉快。

　　很快，年轻的记者就迫不及待地向弗雷德本人提出了自己一直以来都想了解的问题。他掩饰不住内心的激动，拿着采访笔记对弗雷德先生说："吉姆·弗雷德先生，我受很多年轻人的委托前来向您询问一件事情，不知道您是否愿意告诉我们真正的答案？"听到记者的话，弗雷德发出了爽朗的笑声，他亲切地对记者说："我会尽我所知地回答你提出的每一个问题，不过，在你提问之前，我可能已经对你的问题猜到了八九分。"记者先是感到纳闷儿，不过，他很快反应过来，对弗雷德说："那您说一说我想问的问题是什么？"

　　弗雷德说："你想问我的问题，很可能

就是我能够取得今天的成就，其中是不是有什么秘诀。"听到吉姆·弗雷德本人如此坦诚地说出了这个问题，年轻的记者突然感到轻松多了。他知道不用自己再问，弗雷德自己就会说出问题的答案。果然被记者猜中了，弗雷德接着就说："辛勤地工作，这就是我成功的秘诀。"记者对这个答案感到非常不满，他几乎想也没想就说："不，这不是我要的答案。我听说您至少能随口说出1万个曾经认识的人的名字，这才是您获得成功的秘诀。"年轻的记者以为弗雷德会赞成自己的观点，并且为自己了解这么多的信息而感到惊讶，没想到弗雷德却说："不，我至少能准确无误地说出5万个人的名字。并且，若干年后再遇见他们时，我依然会叫出他们的名字，我还会问候他们的妻子、儿女，以及聊起与他们工作和政治立场等相关的各种事情。"

这下轮到记者感到惊讶了，他不由得问："为什么你能做到这些？你有特殊的记忆能力吗？"弗雷德接着回答道："没有，我只是在认识每一个人的时候，都会把他们的全名记在本子上，并且想办法了解对方的家庭、工作、喜好以及政治立场等，然后把这些东西全部深深地刻在脑海当中；下一次见面时，不论时隔多久，我都会把刻在脑海中的这些信息迅速翻出来。"

尽可能多地记住别人的名字，了解别人的爱好以及需要等。这体现的不是技巧，而是对别人的尊重。当你准确地叫出偶尔邂逅的朋友的名字时，对方不仅会有被尊重的感觉，也会加深对你的印象。

男子汉宣言

我要记住别人的名字，准确地叫出别人的名字！

读了这么多精彩的故事，和故事中的主人公比起来，你觉得自己能成为一个善于沟通的小·男子汉吗？不妨来训练营锻炼一下自己吧！

换一种交流方法

菲亚电器公司的推销员威伯先生在一个富饶的农业地区作一项调查。"为什么这些人不使用电器呢？"他经过一家管理良好的农家时，问该区的销售代表。"他们一毛不拔，你无法卖给他们任何东西。此外，他们对公司的成见很大，我试过了，一点儿希望也没有。"

也许真的一点儿希望也没有，但威伯决定无论如何也要尝试一下。因此他敲开一家农舍的门，门打开一个小小的缝，一位老太太探出头来，看见是威伯，她立即把门关上了。威伯又敲门，她又把门打开了，而这次，她把对他们公司的不满，一股脑儿地说了出来。

你知道在这种情况下，威伯先生是怎样进行推销的吗？

答案在36页

《一滴橡胶的故事》答案：

麦金托什发现外衣后背没被雨淋湿的地方正好是被那滴橡胶液弄脏的地方。他不由自主地做起实验来——在一件旧外衣上全部涂了橡胶，当他在雨中一试，果然灵验。橡胶确实可以用来防雨呢。世界上第一件雨衣，就这样在麦金托什手中诞生了。

第十章
培养聪明"财智"，从小做一个理财高手

以前的我

我看见一个漂亮的汽车模型，忍不住买了下来。

钱这么快就用完了……

我抱着空空的储蓄罐，坐在床上。

现在的我

我把每一笔零用钱都存了起来。

抱着沉沉的储蓄罐，我高兴极了。

以前的我

我向妈妈要零用钱。

为什么需要零用钱的时候要做家务？我可不愿意做。

这周没有得到零用钱。

现在的我

我开心地去做家务，妈妈给了我本周的零用钱。

拿着自己赚来的钱，我的心情很激动。

以前的我

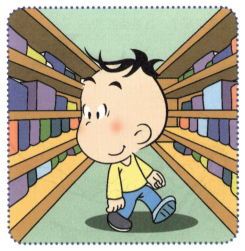

我开心地在超市里选购商品。

东西买得太多了，妈妈肯定会骂我的！

我买了很多不该买的东西。

现在的我

购物清单

我列了一张购物清单，写上自己最需要的东西。

我买了自己需要的书籍，其余的钱放在储蓄罐里。

以前的我

妈妈让我将这周的花销记在账本上。

又要记账了，真是烦死了。

我在账本上胡乱地画着。

现在的我

我认真记好自己的每一笔收入和支出。

看着清晰的账本，妈妈夸奖了我。

我的成长计划书

培养聪明"财智"，从小做一个理财高手

　　妈妈给我的零用钱我总是很快就花光了；手里有钱的时候，我就会买很多自己不需要的东西；我总是向妈妈要零用钱，从来没想过用自己的劳动去换取……原来我不知道怎么用零用钱呢。我也想好好地支配我的零用钱，让每一分钱都用得有价值。我一定要学会理财，这样才会成为一个优秀的小男子汉。

1. 每周我要制定一个花钱的目的和存钱的目标。

2. 我要利用好我的储蓄罐，一旦有零钱的时候就存入储蓄罐。

3. 每周我会做个"收支表"，记录我的收入和支出。

4. 每周我会根据"收支表"和妈妈一起讨论哪些钱该花，哪些钱不该花。

5. 我每周都努力做一些力所能及的家务，以此换零用钱。

最好的 投资

2006年《福布斯》杂志全球富豪排行榜显示，沃伦·巴菲特个人资产达420亿美元，坐全球富人榜的第二把交椅，被人称为华尔街股神。

英国《泰晤士报》的一位记者采访他："在您至今所进行的投资中，哪一次的收益最高？"沃伦·巴菲特想了想，从办公桌抽屉里拿出一个发黄的笔记本，笑呵呵地说："就是这个。"记者不信，说："您在开玩笑吧？"这时，他严肃起来："不，先生，这是真的。这个笔记本是我小时候以0.5美元买的，现在已成为我最珍贵的财富了。"记者带着疑问打开了笔记本，想看看里面到底有什么宝贝，他发现上面记录了巴菲特的突然闪现的投资想法以及一些生活和投资经历，后面附有一些评论性的感受，其中几段是这样的：

7岁那年，我向父亲要一点儿零花钱，想买一本很好看的漫画书，父亲不给，让我自己想办法。于是，我只好像别的孩子那样去送报或做点儿别的短工。

（第一次拿到自己挣钱买的东西，有一种很高兴和自豪的感觉）

11岁时，当许多同龄孩子读报上的体育新闻或玩儿球时，我以38美元的价格购买了城市服务公司的股票，没多久股票跌至27美元，我坚持不卖，最终以每股5美元的盈利脱手。

（要学会自己作决定，要有自信和耐心）

12岁时，再次购买股票，价格一路暴跌，最后，一直在低价上徘徊，遭受挫折。

（不要轻易涉足自己不熟悉的地方，不然很容易因为光线昏暗而跌倒；明亮的道路也不需要去了，那里太挤了）

14岁时，我已经打了好几

份送报的零工，并把它当作一项业务来经营。当时，我每天送500份报纸，我把送报的路线安排得极为合理。我还利用送报的机会向客户推销杂志，最大限度地增加收入。

（有时候，努力还不够，还必须用点儿智慧，有一个积极的心态）

15岁时，我与伙伴联手在理发店安装了一个弹球机，这项业务每月挣50美元。17岁时，我以1200美元卖了弹球机。随后，我又和人合作买了一辆劳斯莱斯，并以每天35美元的价格出租。

（开始创业时，一个人的力量是弱小的，我们需要一个合作伙伴）

从开始上学我就养成了一个习惯，每天放学后，我都要阅读股票指数和图表以及《华尔街日报》。读大学后，我阅读了能够接触到的各种投资和商业类书籍，总共读了100多本，并把学到的知识应用到实践中，尝试各种投资方法，力图找到一套框架体系。我犯了很多错误，也吸取了许多经验教训。

（要想做好一件事，必须了解学习它，实践它。虽然遭受了不少失败，但是总算掌握了一些规律）

"这真是一笔无穷的财富啊！"记者由衷地赞叹道。

沃伦·巴菲特稍稍一顿，接着说："这笔财富已经创造的物质财富以及它本身都在随时间推移而不断地增值，因此，可以说，它是我最成功最漂亮的一次投资了。"

成长课堂

创造财富的经验和任何一种知识一样，需要长期积累的过程。从小便用心去领悟生活中的每一件小事，从中获得心得，日积月累，便会成为一笔巨大的财富。

男子汉宣言

我要用心领悟生活中的每一件小事，积累属于自己的财富！

洛克菲勒孙子怎么花零用钱

小约翰·D.洛克菲勒(石油大王约翰·D.洛克菲勒的儿子)一直认为自己是父亲巨额财产的管理者而不是拥有者。他把博爱当作毕生的事业，一生中为公共事业捐献了5000多万美元。他曾经出资修缮凡尔赛宫，建设了阿卡迪亚和格兰德泰顿国家公园，捐献地皮给联合国在纽约设立总部。在这里我们看到的是他在1920年5月1日写给儿子约翰·D.洛克菲勒三世的一封信。小约翰·D.洛克菲勒当时46岁，在信里他为14岁的儿子列出了"财政"要求。儿子约翰·D.洛克菲勒三世长大之后继承父亲的遗志成为洛克菲勒基金委员会的主席。信的全文如下：

爸爸和约翰的备忘录——零用钱处理细则：

1．从5月1日起约翰的零用钱起始标准每周1美元50美分。

2．每周末核对账目，如果当周约翰的财政记录让父亲满意，下周的零用钱上浮10美分(最高零用钱金额可等于但不超过每周2美元)。

3．每周末核对账目，如果当周约翰的财政记录不合规定或无法让父亲满意，下周的零用钱下调10美分。

4．在任何一周，如果没有可记录的收入或支出，下周的零用钱保持本周水平。

5．每周末核对账目，如果当周约翰的财政记录合规定，但书写或计算不能令爸爸满意，下周的零用钱保持本周水平。

6．爸爸是零用钱水准调节的唯一评判人。

7．双方同意至少20%的零用钱将用于公益事业。

8．双方同意至少20%的零用钱将用于储蓄。

9．双方同意每项支出都必须清楚、确切地被记录。

10．双方同意在未经爸爸、妈妈或斯格尔思小姐(家庭教师)的同意下，约翰不可以购买商品，并向爸爸、妈妈要钱。

11．双方同意如果约翰需要购买零用钱使用范围以外的商品时，约翰必须征得爸爸、妈妈或斯格尔思小姐的同意。后者将给予约翰足够的资

金。找回的零钱和标明商品价格、找零的收据必须在商品购买的当天晚上交给资金的给予方。

12．双方同意约翰不向任何家庭教师、爸爸的助手和他人要求垫付资金(车费除外)。

13．对于约翰存进银行账户的零用钱，其超过20%的部分(见细则第八款)，爸爸将向约翰的账户补加同等数量的存款。

14．以上零用钱公约细则将长期有效，直到签字双方同时决定修改其内容。以上协议双方同意并执行。

小约翰·D.洛克菲勒(签名)

约翰·D.洛克菲勒三世(签名)

 成长课堂

　　从这份详细的备忘录中我们可以看到小约翰·D.洛克菲勒是如何认真仔细地处理自己的零用钱的，对于他而言，零用钱是用来进行管理、投资的，而不只是单纯的花销。从小小的零用钱开始，对自己进行财商的培养，这真是极其明智的做法。

男子汉宣言

　　我也要认真对待我的零用钱，不浪费每一分钱！

比尔·盖茨 是个 吝啬鬼

比尔·盖茨确实是一个与众不同的人，单从他对待金钱的态度上就可以看得出来。对他而言，创业是他人生的旅途，财富是他价值量化的标尺。"我只是这笔财富的看管人，我需要找到最合适的方式来使用它"——这就是比尔·盖茨对金钱最真实的看法。

比尔·盖茨很少关心钱的问题，也不在意自己股票的涨跌。钱既不会改变他的生活，也不会使他从工作上分心。他经常会告诉那些向他求经的朋友："当你有了1亿美元的时候，你就会明白钱只不过是一种符号而已，简直毫无意义。"比尔非常讨厌那些喜欢用钱显示阔气的人。

在生活中，比尔·盖茨也从不用钱来摆阔。一次，他与一位朋友前往希尔顿饭店开会，那次他们迟到了几分钟，所以没有停车位可再容纳他们的汽车。于是他的朋友建议将车停放在饭店的贵宾车位。比尔·盖茨不同意，他的朋友说：

"钱可以由我来付。"比尔·盖茨还是不同意，原因非常简单：贵宾车位需要多付12美元，比尔·盖茨认为那是超值收费。

比尔·盖茨在生活中遵循他的那句话用钱："花钱如炒菜一样，要恰到好处。盐少了，菜就会淡而无味；盐多了，菜就会苦咸难咽。"所以，即使是花几美元钱，比尔·盖茨也要让它发挥出最大的效益。

对于自己的衣着，比尔·盖茨从不看重它们的牌子或者是价钱，只要穿起来感觉很舒适，他就会很喜欢。一次比尔·盖茨应邀参加由世界32位顶级企业家举办的"夏日派对"，那次他穿了一身套装，这还是美琳达先前在泰国给他买的用来拍照时穿的衣服，样子还不错，只是价格还不到歌星、影星洗一次衣服的钱。他生活的教条就是：

男孩卡片

《水浒传》

　　《水浒传》在我国白话文学的发展史上，具有里程碑的意义，是我国已有数百年历史的白话文进入成熟阶段的标志。有了《水浒传》，我国才有了第一部成功的长篇白话小说。看《水浒传》，我们会感到一种粗犷刚劲的艺术气氛扑面而来，有如深山大泽吹来一股雄风，使人顿生凛然荡胸之感。它豪情惊世，是世界小说史上罕有的倾向鲜明、规模巨大的描写人民群众抗暴斗争的长篇小说。

"一个人只要用好了他的每一分钱，他才能做到事业有成、生活幸福。"

　　平日里，如果没有什么特别重要的会议，比尔·盖茨会选择休闲裤、开领衫，以及他喜欢的运动鞋，但是这其中没有一件是名牌。

　　众所周知，比尔·盖茨与妻子都十分疼爱自己的孩子，但是在满足孩子们的一些要求上，他们绝对是一对吝啬鬼。比尔·盖茨从不会给孩子们一笔很可观的钱。比尔·盖茨有自己的说法，他认为：再富也不能富孩子。

成长课堂

　　拥有亿万家产的比尔·盖茨是真的吝啬吗？当然不是。只是他对金钱的处理态度与其他人有些不同罢了。钱很重要，但它并不是全部，我们要合理恰当地使用属于自己的金钱。

男子汉宣言

我要合理地支配我的零用钱，避免一些不必要的花费！

默巴克 的 "硬币之星"

默巴克出生于美国一个贫困家庭，从小饱受歧视。他凭借着不屈毅力，19岁时考入美国名校斯坦福大学。但家庭经济的窘迫，容不得他像富家子弟那样悠闲自在，他不得不利用课余时间四处奔波，赚取微薄的收入，交纳学费，维持简单的生活。

默巴克主动向校方提出包揽学生公寓的卫生打扫。他非常珍惜这份工作，干活儿一丝不苟。打扫公寓时，默巴克经常在墙脚和床铺下面清扫出一些硬币来，他会主动问同学们，这是谁丢失的。同学们要么不屑一顾，要么就是懒洋洋地告诉他："不就是几枚破硬币吗？谁稀罕。你不嫌弃就拿去好了。"虽然他们语带讥讽，默巴克并不尴尬。在同学们怪异目光的注视下，他默默捡起了一枚枚带着灰尘的硬币。

第一个月下来，默巴克把捡到的硬币进行清点，连他自己也感到吃惊：竟有500美元之多！这令他喜出望外。这些白白捡来的硬币，不仅帮他解决了学费的燃眉之急，而且还让自己的生活质量大为改善。

这份额外收入让默巴克突发奇想。他决定把人们不重视硬币的事情，反映

给国家有关部门。他分别给国家银行和财政部写了信，建议上述部门应该关注小额硬币被白白扔掉的情况。财政部的回信很快到达，告诉这位贫困的大学生："正如你反映的那样，国家每年有310亿美元的硬币在市场上流通，却有105亿美元被人随手扔在墙脚和别的地方，虽然多次呼吁人们爱惜硬

币，但收效甚微，我们对此也无能为力。"

这样的答复不免让默巴克沮丧，但同时他从中看到了潜在的巨大商机。默巴克决心从中打开缺口，开创事业。1991年，默巴克大学毕业，不像其他同学那样奔波求职，而是针对人们日益增长的换取硬币的需求，成立了一个"硬币之星"公司，并购买了自动换币机，安装在附近的各大超市。顾客每兑换100美元硬币，他会收取9%的手续费，所得利润与超市按比例分成。

开业伊始，默巴克"硬币之星"公司的生意便异常火爆，他不仅赚取了丰厚利润，也大大方便了超市和顾客，赢得了人们的普遍欢迎。默巴克继续扩大公司的业务，把"硬币之星"燃遍了全美，获得巨大成功。1996年，公司开张仅仅不到5年时间，"硬币之星"公司便在全美8900家大型超市设立了11800个自动换币机连锁店，再过了两年，当年那个被人们讥讽为穷小子的默巴克，摇身一变成了亿万富翁，"硬币之星"成为纳斯达克的上市公司。

谈到自己的成功秘诀，默巴克显得从容平静："每个人在这个世界上都是独一无二的，也许你的出身很卑微，也许你在某个方面不如别人，但你要永远记住，没有任何人能够取代你独有的位置。只要坚守自我，自信昂扬地经营生活，你的人生就一定会如你所愿。"

成长课堂

默巴克依靠一枚枚小小的硬币完成了学业，并成立了自己的公司，最终成为亿万富翁。只有重视每一枚硬币，才能聚沙成塔，成就自己不凡的人生。

男子汉宣言

从现在开始，我要不浪费每一枚硬币，并努力搜集家中被丢弃的硬币！

李嘉诚的创业故事

1957年春天，李嘉诚揣着强烈的希冀和求知欲，登上飞往意大利的班机去考察。

他在一间小旅社安下身，就急不可待地去寻访那家在世界上开风气之先的塑胶公司的地址。经过两天的奔波，李嘉诚风尘仆仆地来到该公司门口。

素知厂家对新产品技术的保守与戒备，他考虑到也许应该名正言顺购买技术专利，然而，一来，长江厂小本经营，付不起昂贵的专利费；二来，厂家绝不会轻易出卖专利，它往往要在充分占领市场，赚得盘满钵满，直到准备淘汰这项技术时方肯出手。

情急之中，李嘉诚想到一个绝妙的办法。这家公司的塑胶厂在招聘工人，他去报了名，被派往车间做打杂的工人。李嘉诚只有旅游签证，按规定，持有这种签证的人是不能够打工的，老板给李嘉诚的工薪不及同类工人的一半，他知道这位亚裔劳工非法打工，不敢控告他。

李嘉诚负责清除废品废料，他能够推着小车在厂区各个工段来回走动，双眼却恨不得把生产流程吞下去。李嘉诚收工后，急忙赶回旅店，把观察到的一切记录在笔记本上。

整个生产流程都熟悉了。可是，属于保密的技术环节还是不得而知。假日，李嘉诚邀请数位新结识的朋友，到城里的中国餐馆吃饭，这些朋友都是某一工序的技术工人。李嘉诚用英语向他们请教有关技术，佯称他打算到其他厂应聘技术工人。李嘉诚通过眼观耳听，大致悟出了塑胶花制作配色的技术要领。

李嘉诚满载而归。随机到达的，还有几大箱塑胶花样品和资料。临行前，塑胶花已推向市场，李嘉诚跑了好多家花店，了解销售情况。他发现绣球花最畅销，立即买下好些绣球花作样品。

李嘉诚回到长江塑胶厂不动声色地把几个部门的负责人和技术骨干召集到办公室，他宣布，长江厂将以塑胶花为主攻方向，一定要使其成为本厂的拳头产品，使长江厂更上一层楼。

李嘉诚在香港快人一步研制出塑胶花，填补了香港市场的空白。按理说，物以稀为贵，卖高价在情理之中。但是李嘉诚明察秋毫，他认为塑胶花工艺并不复杂，因此，长江厂的塑胶花一面市，其他塑胶厂势必会在极短时间内跟着模仿上市。倒不如在人无我有、独家推出的极短的第一时间，以适中的价位迅速抢占香港的所有塑胶花市场，一举打出长江厂的旗号，掀起新的消费热潮。卖得快，必产得多，以销促产，比居奇为贵更符合商界的游戏规则。这样，即使效颦者风涌，长江厂也早已站稳了脚跟，长江厂的塑胶花也深深植入了消费者心中。

塑胶花为李嘉诚带来数千万港元的盈利，长江厂成为世界最大的塑胶花生产厂家，李嘉诚塑胶花大王的美名不仅蜚声全港，还为世界塑胶同行所瞩目。

成长课堂

李嘉诚的财富来自什么？是他的聪明才智，还是拥有机遇，或是其他的因素？不论是哪一点，我们都不能否认他所付出的辛勤劳动。只有依靠自己的努力、拼搏，才能拥有更多的财富。金钱的获得需要我们付出自己的艰辛劳动。

男子汉宣言

我要依靠自己的努力去赚取零用钱！

洛克菲勒 "经营" 联合国

历史上最富有的美国人是谁？2006年的世界著名财经杂志《福布斯》给出了答案，福布斯排行榜所引用的个人资产总额均为上榜富豪巅峰期的数据。为了更准确地反映出他们对于美国经济的影响，福布斯对照当时的美国国内生产总值(GDP)，将所有人的个人资产转化为2006年的美元。因此，如果约翰·洛克菲勒今天仍然健在，他的个人资产将达到盖茨资产的数倍。

美国早期的富豪，多半靠机遇成功，唯有洛克菲勒例外。他并非多才多艺，但异常冷静、精明，富有远见，凭借自己独有的魄力和手段，白手起家，一步一步地建立起他那庞大的石油帝国。在他漫长的一生中，人们对他毁誉参半，有人认为他只不过是极具野心、唯利是图的企业家，也有人恭维他是个慷慨的慈善家。本文就是关于他的故事。

在本世纪40年代，洛克菲勒在纽约市郊买了一大片荒地，按常规地产开发办法，此地可建设一个独立的小区，可以是住宅，可以是办公区，可以是商业区，也可以综合化。但无论如何规划，这么一大片地，投资成区，会需要巨额资金，以及特别长的工期，且由于不在黄金地段，不会卖出好价格，所以当时许多人认为这是个投资败笔，至少，也不是个好项目。

但在此时，洛克菲勒已投入了数亿美元，取得了这大片土地的独家开发权，项目已走上了不归路。

这时，联合国在美国宣告成立，但一直没有一个气派的、有规模、上档次的总部办公大楼。洛克菲勒得知这个消息后，对联合国的情况进行了全方位的调查，结论是联合国将不同于其他世界性组织，

它将成为处理国际性实质问题的权威机构，它的决策将涉及全世界每个国家的利益，为此各国都会花一定的代价来争取联合国作出对自己国家有利的决策，所以，联合国总部所在地，也必然是各国外交的重要发生地，各国会就近安营，派代表参与联合国事务。

尽管当时联合国还处于艰难维持的初期，但未来趋势必然如此。作出这个判断之后，洛克菲勒从他那片纽约的土地之中，分割出价值3800万美元的一小片，以1美元的价格"出售"给了联合国，这对于尚无安身之地的联合国来说的确是雪中送炭，于是联合国决定在洛克菲勒的土地上安营扎寨。

不久，"二战"结束后新的世界格局形成，获胜的大国们开始经营联合国，联合国的作用迅速显化，各国纷纷去争取在联合国的利益，许多建筑商、宾馆发展商等也都看准了联合国的商业价值，于是洛克菲勒以联合国作为王牌，在大片土地上规划了外交区，土地迅速增值，获利无法计数，且名利双收，这种投资效果，是用3800万美元的传统广告投入所无法达到的，因为3800万美元买不下联合国！

有头脑的商业大亨们考虑问题就是和常人不一样，他们不仅有远见，更重要的是他们能制造未来，控制未来。我们也要从中领悟这种掌控未来的大手笔，让我们的学习生活和理财能够朝更好的方向发展！

男子汉宣言

预见未来掌控未来的能力值得我终身学习！

183

读了这么多精彩的故事，和故事中的主人公比起来，你觉得自己能成为一个具有聪明"财智"的小·男子汉吗？不妨来训练营锻炼一下自己吧！

一元钱打造一条街

他破产了，所有的东西都被拍卖得一干二净。现在口袋里的1元钱及回家的一张车票是他所有的资产。从深圳开出的143次列车开始检票了，他百感交集。"再见了!深圳。"一句告别的话还没有说出，他已泪流满面。"我不能就这样走。"在跨上车门的那一瞬，他又退了回来。火车开走了，他留在了月台上，手在口袋里悄悄地撕碎了那张车票。深圳的车站是那样繁忙，你的耳朵里可以同时听到七八种不同的方言。他的手在口袋里握着那1元硬币，来到一家商店的门口。

你知道，接下来他怎样用这一元钱打造出一条街？

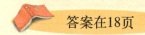 答案在18页

《12岁男孩自救 逃脱绑匪魔爪》答案：

小玮的手触摸到水槽底下有几块尖尖的石头，于是将双手靠在石头的尖口处，使尽浑身的力气上下反复磨蹭。就这样他一直磨了将近两个小时，终于把手上的布条磨断，腾出了双手，他摘下了包住头的衣服、撕掉了嘴上的风湿膏。小玮怕歹徒在外面守着，不敢从工厂的入口逃脱。环顾四周后，他发现工厂内侧有三个窟窿，于是就充分利用自己身形瘦小的优势，从西边的窟窿口爬出，然后向过往的车辆挥手拦车求助，最终获救。